JN068141

メディアワークス文庫

宮廷医の娘４

冬馬 倫

目　次

九章　四度目の医道科挙

中原国《なかはらこく》という国がある。

雄大な大陸の東に位置する国で、北を北胡《ほくこ》、西を西戎《せいじゅう》、東を東夷《とうい》、南を南蛮《なんばん》、周囲を大小様々な国に囲まれていたが、中原国はそれらの国に畏怖と尊敬の対象として見られていた。

数千年続く悠久の歴史、それらを正確に記載した史書、文化や礼節の起源を辿《たど》れば、必ず中原国に行き着いた。少なくとも大陸東部にある国々からは一定の敬意を以《もっ》て遇されていた。

ただ、その尊敬の念もいいことばかりではない。尊敬はやがて嫉妬に変わる。中原国の文化や豊かさは周辺国の羨望の的となり、収奪の対象となる。

中原国は度々周辺異民族の侵攻を受け、略奪の被害に遭った。

中原国は強力な軍隊を組織し、彼らに対抗したが、彼ら異民族の執念はすさまじく、中原国の歴史は彼らとの戦いの歴史でもあった。

「中原国の皇帝に三つの不如意あり。赤河《せきが》の流れ、寺院の僧侶、四方の蛮国」

中原国の最盛期を作り出した皇帝の言葉であるが、歴代の皇帝たちはそれほどまでに異民族に悩まされてきたのだ。

その中でも北胡との対立はすさまじく、長年に亘《わた》って戦争を繰り広げていた。

戦況はお世辞にも優勢とはいえない。

中原国は勇敢な騎馬民族である北胡に押されっぱなしであった。

何度も敗北し、その度に国土を掠《かす》め取《と》られていた。

先日も南都《なんと》のすぐ側《そば》まで侵攻を許し、滅亡寸前の事態に発展したのは記憶に新しいだろう。

そのときは〝運良く〟疫病が蔓延《まんえん》してくれたが、そのような幸運が何度も続くものではない。次に南都まで侵攻を許せば、おしまいだ、というのがこの国に住まうものの共通意識であった。

香蘭《こうらん》も同じ考えである。

南都の北側には赤河という大河が存在するが、それによってかろうじて騎馬民族の侵攻を防いでいるだけで、河を越えられてしまえばなす術《すべ》がないと思っていた。

赤い河を乗り越え、南都に侵入してくる異民族を想像するとうすら寒くなってくる。

身震いしながらそのことを嘆くが、白蓮《びゃくれん》は遠慮なく笑った。

「異民族を恐れるとはなかなか可愛《かわい》げがあるじゃないか」

はっはっは、と高笑いを上げる黒衣の男。

認めたくないが、この男が香蘭の師匠である。

彼は世間からは神医《しんい》の二つ名で呼ばれる凄腕《すごうで》の医者だ。

その腕前はすさまじく、螺旋器具《ドリル》で開頭して頭蓋骨の内側に溜《た》まった血の塊を取り除いたり、人間の手を付け替えたり、不思議な道具で親子を判定したり、仙術と見紛うような医術を施す。

医師としては天下一品の腕前で、その技術と知識に感服し、香蘭は弟子入りを願い出たという経緯がある。

ちなみに授業料は〝月〟金子《きんす》二〇枚ほどである。悪徳を通り越して非人道的な価格設定であるが、師は鬼ではない。

香蘭は医療を学ぶかたわら、診療所の手伝いをしているのだが、その分の給金を貰《もら》っていた。その額は金子一五枚。一流の医師と同等の値段で雇ってくれているのだ。

――ただし、この話には裏があって、香蘭は白蓮に借金があった。月賦《ローン》と呼ばれる悪魔の契約を結んでいるのだ。香蘭が治療を願い出た患者の治療費、あとはＤＮＡ検査キットの代金などを合わせると毎月金子一五枚ほど支払っている。

つまり差し引きすると、香蘭は毎月金子二〇枚を白蓮に支払っていることになる。金子二〇枚あれば庶民が一年暮らせることを考えると暴利としか言いようがない。

香蘭の実家である陽《よう》家は裕福ではあるが、その出費は痛く、陽家の財務を担当する家来の顔色は悪い。胃潰瘍の初期症状が見られ、父に胃薬を処方して貰っていた。

「お嬢様の借金癖が直らなければわたしの胃潰瘍も治らない」

とは家来の弁であるが、香蘭はそれを聞いて非常に申し訳ない気持ちで一杯になった。香蘭はそのことを包み隠さず師に伝えたが、彼には暖簾《のれん》に腕押しで、

「胃潰瘍が治る薬を金子一〇枚で処方してやろう」

と、うそぶくだけだった。

師は神医であると同時に守銭奴なのである。

金銭的交渉が無益と悟った香蘭は「もういいです。白蓮殿はろくな死に方をしませんよ」とそっぽを向くが、白蓮は気にする様子も見せず、酒を飲む。

金華豚《きんかとん》を肴《さかな》に手酌で一杯やっている白蓮。

阿漕《あこぎ》に稼いでいるだけあり、豚も酒も最高級品だった。王侯貴族の風格さえ漂ってくる風景だが、それは食卓の上だけで、その前に座する白蓮はその辺の酔客に毛が生えたようなものであった。

ほろ酔い気分の白蓮は手招きすると、香蘭に酌をするように求める。

「手酌をするのも飽きた。酌をしてくれないか」

無礼な態度なのでカチンとくる。

「わたしは酌婦ではありません」

「だからいいのではないか。おまえは色気がないが、だからこそ希少性がある」

「妓楼《ぎろう》にはわたしのような女はいないでしょう」

「その通りだ。水揚げ前の生娘ですらもっと色気があるぞ」

白蓮は断言すると、ぐいっと盃《さかずき》を香蘭の前に出す。まったく、強引な人だ。呆《あき》れながらも盃を受け取ると、それに酒を注《つ》ぐ。

「素直なのはいいことだ。月賦を負けてやろうか」

「わたしは酌婦ではないので対価を求めるわけにはいきません。これは弟子として師に注いでいるだけ」

「なかなかに志が高いではないか」

「高くなければこのようなところで丁稚奉公《でっちぼうこう》は出来ません」

「はっはっは、医術だけではなく、減らず口の腕前も向上したな」

「師の薫陶が色濃いのでしょう」

香蘭の皮肉に白蓮は違いない、と上機嫌になる。

「それにしても今日はご機嫌ですね」

「ふむ、気がついたか」

「ええ、いつもは仏滅の日に苦虫を嚙《か》みつぶしたような顔をしていますから」

「ふ、言ってくれるではないか」

「毎晩、酒を飲まれてますが、今日は美味《おい》しそうに飲んでおられます」

だから酌をしたのだが、酌の返礼として上機嫌の理由を聞いておきたかった。

香蘭が尋ねると、白蓮は快く教えてくれた。

「いや、なに、暦を見たら今年も暮れだと思ってね」

「白蓮殿でも正月を楽しむ風情があるのですね」

「まさか。お年玉を貰うのは好きだが、渡すのは嫌いでね。それに正月料理は甘ったるくて好きじゃない」

白蓮の世界の正月は「おせち料理」と呼ばれるご馳走《ちそう》を食べる風習があるらしいのだが、全体的に甘くて好みではないそうだ。

「黒豆にきんとん、伊達巻《だてまき》、筑前煮《ちくぜんに》、どれも味音痴に合わせて大量に砂糖が入れてある」

と愚痴を述べるが、こちらの世界では砂糖は希少だ。それらを大量に使った甘露はご馳走のように思えるのだが……。

ま、我が師匠は飲兵衛《のんべえ》なので辛党なのは理解できる。こちらの世界でも酒飲みは甘いものが嫌いなのである。味覚は万国共通という感想を抱きながら師に尋ねる。

「正月が嫌いならば暦を見てなにをにやついているのです。特別な日ではないのでしょう」

「俺にとってはな。しかし、おまえにとっては違う」

「わたし？」

自身の鼻の頭に人差し指を添える。

「そうだ。俺は小生意気な弟子がもがき苦しむさまを見ると気分が良くなるのだ」

「悪趣味だと思いますが、なぜ正月になるとわたしがもがき苦しむことになるのです」

「甥《おい》も姪《めい》もいないから、お年玉の心配もしなくていい、か」

「いても快くあげますよ。可愛い身内です」

「ほお、殊勝だな。俺は毎年、正月は海外に逃げていた。腹の立つ親戚とも生意気な甥と姪にも会わずに済むようにな」

そう聞くと優雅に聞こえるが、手荷物と僅かな現金だけ握りしめて貧乏旅をしていたそうな。〝バックパッカー〟と言うらしい。

「わたしは正月も大好きです。普段、会うことのない親戚たちと顔を合わせられますし、普段食べられないようなご馳走が食べられます」

「前々から思っていたが、偉い娘だ。俺には真似《まね》できん」

「白蓮殿が変わっているだけですよ。それでわたしが悶《もだ》え苦《くる》しむ理由をお聞かせ願えますか」

「そうだな。最初は現実逃避しているのかと思ったが、間抜けなことに存在そのものを忘れているようだ。口にせねばなるまい」

思い出させなければ悶え苦しむ顔が見られない、と続ける白蓮。香蘭は生爪剝がされても苦悶《くもん》の表情などしまいと身構えるが、その決意は崩れ去る。

意地の悪い師匠が言い放った言葉で〝地獄〟という言葉を思い出してしまったからだ。

「年が明ければ一月、こちらの世界も俺の住んでいた世界も、〝一月〟は魔の月だ。特に受験生にとってはな」

「魔の月……」

その言葉によって思い出した単語を口にする。

「〝医道科挙《いどうかきょ》〟の季節――」

その言葉を聞いた白蓮はにやりとする。

「ようやく思い出したようだな。いい表情をしているぞ。酒が進む」

その台詞《せりふ》と言葉を聞くだけで鏡などなくても想像できる。

今の香蘭は歯医者の診療台の前に立つ患者のような表情をしているに違いなかった。

†

陽診療所の娘、陽香蘭のことを陰気な娘、と評するものは皆無だ。

香蘭はその姓名と同じように陽気で明るい性格と形容されることが多い。

四文字熟語にすると明朗快活、天真爛漫《てんしんらんまん》、猪突猛進《ちょとつもうしん》などと表されることが多かった。

そんな娘が暗くどんよりしているのは、「医道科挙」という四文字の漢字を思い出したからである。

医道科挙——。

香蘭がなによりも焦がれ、なによりも恐れる年中行事。

一三歳になって以来、毎年のように受け続けている官吏登用試験。

それが医道科挙だった。

一言でいえば医道科挙は医者になるための試験である。

この国では医道科挙に合格したものだけが正規の医者になることが出来るのだ。

陽香蘭の夢は正規の医者になること。

宮廷医となり、この国の医療を改革すること。

父祖と同じように立派な医者になることであった。

そのためには医道科挙に合格することが必須だった。父も祖父も香蘭の年頃には医道科挙に合格し、宮廷に登っていた。

彼らの後ろに続くためにはそろそろ医道科挙に合格を果たしておかねばならない。

父祖の名を辱めないようにしなければ――。

香蘭はそのように篤《あつ》い志を持ちながら勉学に励んでいたのだが、医道科挙の名を聞くと震え上がる。

医道科挙はとても難しい試験だからだ。

――いや、そのような生ぬるい表現は不適切か。

医道科挙はこの中原国で一番難しい試験であり、この世の地獄を具現化したような責め苦なのだ。

「たかが試験になにを大袈裟《おおげさ》な」

試験を受けたことがないものならば、そのような感想を抱くだろう。そのことを責めるつもりはない。香蘭自身、試験を受けるまではそのように思っていたからだ。

しかし、医道科挙はそのような言葉ですら生ぬるいほどの〝地獄〟の試験なのだ。

なにが地獄かといえばまずは受験者の数が地獄だ。毎年、三〇〇〇人もの人々が受験する。

三〇〇〇人といえばちょっとした町規模である。

無論、全員が同じ場所で試験を受けるわけではないが、勉学に命を懸けるものたちが集まる光景は壮大であった。

さらにいえば医道科挙に合格するのはその中でもたったの三〇人ほどであった。

つまり一〇〇人にひとりしか合格しないのである。倍率一〇〇倍。その一〇〇倍も有象無象の中の倍率ではなく、幼き頃から勉学を重ねてきた学士の中から選抜するのである。

事実上、この国で、いや、この世界で最も難しい試験が医道科挙なのである。

香蘭は前回の高難度の問題を思い出し、頭痛を覚える。

さらに部屋の隅に積み上がっている四書五経《ししょごきょう》と呼ばれる書物を見ると絶望さえ感じる。医道科挙ではこの四書五経と呼ばれる書物を丸暗記しなければいけないのだ。その文字数は五三万文字。気が遠くなるような文章量を暗記しなければいけない。ちなみにこれは比喩ではなく、言葉のままの意味で、科挙では試験官が無作為に四書五経の内容を尋ねてくる。解答者は一文字でも間違うことが許されない。さらに付け加えれば五三万文字を丸暗記した上で、副読本も読みこなさなければいけない。その文字数は四九〇万文字ほどで、四書五経のおよそ一〇倍であった。

数字を思い浮かべるだけで頭がくらくらとしてくる。

香蘭は幼き頃から「子宣《のたま》う——」と四書五経をそらんじてきたが、正直、少し気を抜くだけで忘れてしまう。四書五経は今から一〇〇〇年ほど前に成立した古典的な書物で、今を生きる人間には退屈なのである。

また香蘭は暗記学問が苦手で、座学よりも実際に経験して覚える手法を得意としていた。書物自体は好きであるが、延々と座って書物を記憶する作業が苦手なのだ。

考えれば考えるほど辛《つら》くなってくるが、だからといって医道科挙を受けないという選択肢はなかった。

「……嘆いている暇があったら本を読まねば」

香蘭は幼き頃から読み親しんでいる論語《ろんご》と呼ばれる書物を手に取る。大昔の儒学者が書いたという啓蒙書《けいもうしょ》であるが、面白くもなんともない。ただ、これを全文覚えなければ科挙に合格できないのだ。香蘭は眠い目を擦《こす》りながら論語を読み上げるが、夜中、スッと部屋の扉が開いた。

香蘭の音読がうるさかったわけではない。夜中まで勉学に励む娘のため、母親が夜食を作ってくれたようである。

不細工な形の握りめしを見つめる。

香蘭の母親はいいところのお嬢様で、幼き頃から家事の類《たぐい》は一切したことがない。ゆえに料理が苦手であった。

そんな母が作ったものだから、形はもちろん味もそれなりであったが、それでも母が作ってくれた握りめしはなによりも嬉《うれ》しかった。

塩気が強すぎる握りめしを嚥下《えんげ》し終《お》えると、香蘭は母に感謝の手紙を書く。

「母上、ありがとうございます。とても嬉しいです」

感謝を伝えるのに必要以上に凝る必要はない。ありのままの気持ちを伝えればいい。

香蘭はお盆の上に手紙を添えると、部屋の外にそれを置き、燭台《しょくだい》に油を注ぐ。母の期待と愛情に応えるため、今夜中に論語を最後まで読み終えてしまいたかった。

ちなみに論語だけで五万文字ある。古典啓蒙書なので今では使われなくなった漢字も満載であるが、それでも頑張って一晩で読み切った。最後の言葉を読み終えたとき、空は白み始めていた。

†

朝まで勉強をしていたからといって世の中に病気や怪我《けが》がなくなるわけではない。

香蘭が勉強をしている間も白蓮診療所には患者が担ぎ込まれるし、病は進行する。香蘭はいつもの時刻に診療所を訪れると入院棟に直行する。

入院患者の診察、包帯の交換、食事の用意、大忙しだ。それらが終わると門前の診療所の清掃も待ち構えている。

それらをなんなくこなして昼休み。陸晋《りくしん》が用意してくれた昼食を食べながら、書物に目を通す。

「――行儀が悪いぞ」

と自分で言ったのは白蓮の機先を制したいからだ。

「分かっているならば食事を楽しんだらどうかね」

優雅な貴族のように食事を楽しむ白蓮。

肉饅頭《にくまんじゆう》を咀嚼《そしやく》しながらじっと本を見つめる香蘭。

対極的な食事風景だった。

「年が明ければすぐに県試《けんし》が始まるのです。気が抜けません」

「県試とはなんですか？」

尋ねてきたのは同僚の陸晋少年だった。

答えたのは香蘭ではなく、白蓮。

「県試とは科挙の一次試験だな。俺の国に例えるとセンター試験のようなものだ」

「はあ、センター試験ですか」

陸晋はあまりピンときていないようだ。

「医道科挙は毎年数千人もの人間が受ける。全員を精査していたら時間が足りないから、足切りするんだよ」

「なるほど」

「まずはそれぞれの地方で試験を行う。県や郡単位でな。その試験で好成績を収めたものが州試《しゅうし》を受ける」

「県の次は州単位になるんですね」

「そういうことだ。その次は南都に集まって院試《いんし》、最後に宮廷に集まって歳試《さいし》が行われる」

「都合四回も試験をするのか。知力だけでなく、体力も問われそうですね」

「そういうことだ。それぞれの試験は三昼夜以上掛けて行われるからな」

「すごいなあ」

「実際、医者は体力がなければ話にならない。うちの弟子は知識や技術は及第点だが、体力のほうは……」

　白蓮はジト目で香蘭を見つめる。

「う……」

　香蘭は小さくうなる。

　体力に自信がないことを看破されたからだ。

「幼き頃から運動をせずに書物ばかり読んでいるとこうなる」

香蘭を反面教師に陸晋を諭すが、陸晋はそんなことありませんよ、と庇《かば》ってくれる。

「香蘭さんは立派に診療所の医師を務め上げています。患者の入浴などもやってくれます。今朝も大男の患者を一緒に持ち上げました。ひ弱なものに医者は務まりません」

「まあな、実際、ここにやってきたときは青瓢簞《あおびょうたん》の書生だったが、今じゃそこそこ筋肉も付いてきた。あとは肉を食べて胸回りが大きくなればいいが」

余計なお世話ですと言いたいところだが、白蓮診療所で働くことによって「体力」が養われたのは事実だった。骨と皮しかなかった腕も心なしか太くなった気もする。

香蘭は前回の試験で院試まではいったのだが、そこで落ちた原因が「体力のなさ」であった。一週間に亘る長丁場の試験に耐えられず、後半、風邪を引いてしまったのだ。朦朧《もうろう》とする意識の中、なんとか解答用紙を埋めることは出来たが、結果には結びつかなかったという過去がある。

その前の試験も似たようなもので、体力の低下によって後半、集中力を乱してしまったのが、不合格の原因だった。香蘭の学力は父も太鼓判を押してくれてはいるが、「体力のなさ」と「性別」だけが不安の種である、と常日頃から言っていた。

心ならずも白蓮のおかげでそれが解消されつつある今、過去最高の態勢で挑めるのが次の医道科挙であった。

「なんとか合格せねば……」

香蘭は師と同僚の前で改めて合格を誓うが、白蓮はそんな弟子に厳しい。

「四浪したくなければもっと筋肉と脂肪を蓄えるのだな。特に脂肪は大事だ」

なんでもふくよかな人間のほうが病に罹《かか》りにくく、病気にも強いらしい。なにごとにも限度はあるが、多少、ぽっちゃりしていたほうが生物的には有利とのことだった。

特に女性は胸回りに脂肪を蓄えられるのだから、それを利用しない手はない、という。人間、栄養《エネルギー》が足りなくなったとき、脂肪を燃焼させ栄養に変えるとのことだった。また、人間は脳を使っているときが一番、栄養を消費するとのこと。脳が活動するには糖分が必要不可欠なのだが、緊急時、脂肪を糖分に変換し、栄養とするのだそうな。

要は「もっと飯を食え」とのお達しであった。

生来、食が細い香蘭は難儀するが、それでも夢のため、と頑張って二個目の肉饅頭に手を伸ばす。陸晋の作る肉饅頭は最高の出来であるが、胃袋の小さな香蘭には拷問のように感じられた。

†

一朝一夕で胸が大きくなることはない。ましてやふくよかになることもなかった。

無論、だからといって健康的に肥えることを放棄するわけではないが、香蘭は勉強に集中することにした。

年が明ければ医道科挙の県試があるからである。

香蘭は昨今、ちまたで評判の科挙対策用の書物を買い求めるため、南都の書家に向かった。

白蓮は家のものに買いに行かせればいいのに、と、呟《つぶや》いていたが、香蘭は自分の目で書物を選ぶのが好きだった。それにそろそろ香蘭の好きな伝奇小説の最新刊が出ている頃である。また、香蘭は書家が好きだった。うずたかく積まれた本の山、紙と墨の匂い。暗記学問は嫌いであるが、本自体は嫌いではない。いや、むしろ好きだった。書家に赴く機会を逃す気はない。

だからひとり、書家にやってきたのだが、件《くだん》の対策書物を注文すると、主《あるじ》から「売り切れ」と告げられる。

「なんということだ……」

嘆く香蘭。主人に話を聞くと、どうやら想像以上に評判のようで、店に入荷した分はすぐに売り切れてしまうという。なんでも前回、医道科挙で最高の成績を収めたものがその本を絶賛したとか。彼が櫓州《ろしゅう》初の首席合格者だったことも大きいようだ。

「破天荒な売り上げとはこのことです」

書家の主人の言葉であるが、破天荒という科挙由来の言葉に引っかけているのだろう。ちなみに破天荒とは学問不毛の地と呼ばれた慶州《けいしゅう》から初めて科挙合格者を出したことに由来する言葉である。前代未聞の快挙という意味の言葉だ。

「破天荒なのはいいが、対策書物が売り切れなのは困る」

香蘭は肩を落とし、好きな伝奇小説、中原国水滸伝《すいこでん》の最新刊がないか尋ねるが、それも売り切れだった。踏んだり蹴ったりであるが、ないものは仕方ない。諦めて帰ろうとするが、香蘭の足を止めたのは小鳥のように軽やかな足取りで入ってきた少女だった。

綺麗《きれい》な着物を着た少女は香蘭が先ほど口にした対策書物の名を告げる。

少女は売り切れであることを知るととても落胆した表情を見せる。さらに香蘭と同じように中原国水滸伝の最新刊がないか尋ねるが、こちらのほうは予約していたらしく、入手できたようだ。

それだけでも羨ましいと思ってしまうが、それよりも注目すべきなのは香蘭と同じ対策書物を求めているということだろう。

医者を目指すものなど掃いて捨てるほどいるが、香蘭と同じ年頃の娘はとても珍しかった。

興味を抱かないわけがない。

じっと少女を観察していると、彼女は主人から対策書物を購入したものの名を聞き出していた。

書き写させて貰う気のようだ。その手があったか、と妙に感心する香蘭。香蘭の家は裕福なので、自分で写本をするという概念が抜け落ちていたのだ。

「辞書で箱入り娘の項目を引くとおまえのことと書いてありそうだな」

以前、師にそのように茶化されたが、事実無根と反論することは出来なかった。香蘭は人並みの娘になるため、中原国水滸伝を抱えながら書家を出た娘のあとを付けた。

同じ年頃の娘を尾行するのが人並みとは辞書の項目を書き換えなければいけない、師ならばそのように皮肉を言うだろう。それは百も承知だった。

書家で同じ書物を求めただけで親近感を覚え、あまつさえ尾行するなど粘着質にもほどがある。しかし香蘭は意外と不器用であった。

書物ばかり読んできたから同年代の友達がいないのだ。いや、格好付けても仕方ないか。実は香蘭には友達がいなかった。同年代はおろか、年上の友達も年下の友達もいない。かろうじて陸晋が友達のように接してくれていたが、本人に友達か尋ねることは出来ない。

あっさりと、

「ただの同僚です」

と言われたら立ち直れないことは必定だったからである。

知らぬが仏、曖昧な関係を維持すれば精神の安定は保証される。

そのように自分を納得させると、物陰から少女を見つめる。

体重を感じさせない軽い足取りで歩く少女、胸に中原国水滸伝をしっかりと抱きしめている。今、馬車に轢《ひ》かれても手離さなそうなたしかな意思も感じさせる。

香蘭と同じ書痴の匂いがする。三度の飯よりも本が好きそうな娘だった。

「わたしと同じで胸も慎《つつ》ましやかだ」

幼き頃から本ばかり読んで、ろくに食事もしなかった証拠である。

これは仲良く出来るかも。あるいは久しぶりに友人が出来るかも。そう思った香蘭は思い切って彼女に話し掛けようとするが、その目論見《もくろみ》は途中で止まる。

娘が思わぬ場所に入っていったからだ。

「あ、そっちは危ない――」

思わず声を出してしまったのは、娘が入った路《みち》が危険だったからである。南都の大路の脇にあるうらぶれた路地、そこは貧民街への入り口だった。

香蘭は貧民街に慣れている。

元々、父と共に赴いていたということもあるが、今現在の職場が貧民街にあるからだ。

彼らが荒ぶらないようにする術は熟知していた。

しかしあの娘はそうではないだろう。見たところ名士の娘のようだ。人間に身分があるのも、暮らし向きに差があることも理解していないように見える。

貧民街の住人は困窮し、鬱屈を溜めている。そのようなものたちが、呑気《のんき》に飛び込んできた世間知らずのお嬢様を見てなにも感じないはずがなかった。

このままいけばいざこざが起きる。

そう思った香蘭は歩調を速め、娘の肩に手を伸ばすが、それがいけなかった。

久しぶりに同年代と話す緊張感、危機感に満ちた空気、それらは香蘭の表情をこわばらせていたようで、少女は香蘭を人攫《ひとさら》いの手下だと思ったようだ。

「きゃあ」

と可愛らしい声を上げて逃げ出す少女。しかも彼女は絶対に行ってはいけない方向へ駆け出した。

「ああ、最悪だ」

よかれと思って話し掛けたらこうだ。ため息を漏らすが、少女を追わないわけにはいかない。急いで香蘭は少女の背を追った。

貧民街は広大で多様だ。白蓮診療所のある一角は比較的治安が安定しているほうで、川を挟んだ反対側は荒れていた。

なので頑張って少女を捕捉しようとするが、想像以上に足が速い。見た目は香蘭より華奢《きゃしゃ》なのに体力があるようだ。

全速力で走っても差が開く一方だった。また少女は目を瞑《つぶ》って走るものだから、何度も人にぶつかる。場違いな格好をしていることもあり、注目の的であった。

そうなれば地元の俠客《ヤクザ》崩れのものに目を付けられる。

貧乏で暇を持て余す鬱屈した若者たちが彼女を囲む。

当然の帰結であったので、驚きはしなかったが困った。香蘭は一切の武力を持ち合わせていない。端的にいえば弱かった。荒事に最も向かない娘と太鼓判を押されるほどで、俠客《きょうかく》崩れども相手に大立ち回りなど到底できそうになかった。

「ここ最近、荒事とは無縁だったが……」

香蘭自身は荒事を避ける術を身につけることが出来たが、あの少女はまだ如才なさというものを持ち合わせていないようだ。その細い腕を摑《つか》んで顔を近づけてくる俠客崩れの頰を叩《たた》く。

ぱちーんという音が響き渡る。

こうなればもう誰かが殴られなければ収まることはないだろう。香蘭は思い切り頰に力を入れると、

「殴るならばわたしを殴れ！」

と少女の代わりに俠客崩れの前に立ちはだかる。

――出来れば白蓮診療所に世話になったことがある人物で、「なんだ、あそこの診療所の娘の連れか、次から気をつけな」となって貰いたかったが、そこまで都合よくはいかないようだ。俠客崩れは遠慮なく、拳を振り上げ、殴りかかってくる。

女だからと手加減するということもなかった。

白蓮あたりの言葉を借りれば、「女性解放思想《フェミニズム》の欠片《かけら》もない」ということになるが、振り下ろされた拳は容赦なく香蘭の頬に突き刺さる――ことはなかった。直前にとある人物に遮られたのだ。

そのものは大柄な人物だった。

襤褸《ぼろ》切れを継ぎ合わせたような衣服を纏《まと》っているが、不思議と貧相ではなく、風格を感じさせる。貧民街にそぐわぬ人物であったが、そのものを香蘭はよく知っていた。

「夏侯門《かこうもん》殿！」

香蘭を暴力から救ってくれた人物の名を叫ぶ。

香蘭の言葉を聞いた夏侯門はにこりと微笑《ほほえ》み、

「久しぶりだな、香蘭」

「はい、東宮御所は狭いようで広い。ここ数ヶ月、遭うこともありませんでした」

「まあ、おぬしは週に一度しか参内しないしな」

　そのような呑気なやり取りをする傍らで侠客崩れは怒り出す。

　己の渾身《こんしん》の拳をあっさり遮られた上、存在を無視されたのだ。仕方ないことであった。夏侯門は悪漢崩れの自尊心を傷つけたことを察したが、だからといって配慮することはなかった。馬鹿者に付ける薬はない。暴力には暴力が一番効くということを経験則として知っていたのだ。

　体勢を立て直し、再び殴りかかってくる侠客崩れの体幹を揺らすと、そのまま投げ飛ばし、脳震盪《のうしんとう》を起こさせた。その圧倒的な体術に侠客崩れの仲間たちは恐怖を覚える。

「お、覚えてろよ」

　噛ませ犬そのものの捨て台詞を残すと去って行った。

　夏侯門は悠然と聞き流すと、着物に付いた埃《ほこり》を払う。

　そして香蘭のほうに振り向くと悪童のような表情を見せた。

「まったく、悪党どもの語彙はどうして皆、同じなのだろうな」

　共感したが、同意するよりも先に礼を言う。

　相変わらず礼儀正しい娘だ。さすが陽新元《しんげん》の娘、と褒《ほ》め称《たた》えてくれた。尊敬すべき父を引き合いに出してくれたのはとても嬉しかったが、それを伝えることは出来なかった。

　なぜならば香蘭が助けようとしていた娘が伸びていたからである。

悪漢が去ったときに張り詰めていた緊張の糸が解《ほぐ》れてしまったのだろう。ぐにゃりとしている。夏侯門は一応、少女を診察するが、異常はないようだ。「ただの気絶」と診断する。しかし、ただの気絶でも貧民街の路地裏に放置することは出来ない。夏侯門は少女を背負うとそのまま自分の診療所に連れて行くと宣言した。そこで介抱してくれるようだ。

「ところでこの娘はおまえのなんなのだ？」

道中、当然の疑問を投げかけてくるが、それに対する答えは曖昧なものになる。

「友人——候補でしょうか」

「なるほど、よく分からないが、丁重に扱わなければいけないようだな」

おまえの友人はわしの友人、そのような嬉しい言葉をくれると、大きな背中に少女を乗せ、夏侯門診療所に向かった。

†

夏侯門は香蘭の知己である。

とても尊敬すべき人物で、白蓮の次に信頼を置いていた。

彼は東宮《とうぐう》の弟の劉盃《りゅうはい》の御典医なのだが、悪徳に満ちた弟殿下には似ても似つかない聖人で、御典医をしながら貧民街で無償の医療を施していた。

どのような患者からも治療費は請求せず、誠心誠意医療を施す仁者として知られていた。

その崇高な志に共感し、多くの医師が集まり、修業に励んでいる。

その中には香蘭の友人、胡備《こび》師という青年もいた。

右肩が盛り上がった青年、かつて武侠を志していた青年は剣の道を捨て、医者を目指していた。骨接ぎになるために勉強しているようだ。

香蘭の姿を見つけると巨体に似合わぬ人懐こい笑顔を見せ、お茶を持ってきてくれた。有り難く頂くが、彼の出してくれたお茶は限りなく薄かった。夏侯門診療所の経営状態が如実に反映されているが、診療所の主も弟子たちも皆、活《い》き活《い》きと働いていた。

「白蓮診療所も見習いたいものだ」

金、金、金！　最高の高原茶と最高級の老酒《ラオチユウ》、山海の珍味に舌鼓を打ち、暇があれば妓楼に通う師の姿が浮かぶ。まったく、同じ医者とは到底思えない。

ひとり憤慨していると夏侯門は奥から薬を持ってくる。

これを少女に飲ませてやれとのことだった。

「これは？」

「夏侯門診療所特製の秘薬」

「ほう、成分はなんですか」

「ヤモリにクマンバチ、豚の精巣を乾燥させたものに、ガマガエルの舌」

「………………」

香蘭が蒼《あお》くなると夏侯門は高笑いを上げる。

「はっはっは、冗談だ。そのような高級な範方薬《はんぽうやく》がここにあるわけがないだろう。ただの塩水だ」

「塩水ですか」

「ああ、そうだ。この娘は体内の水分を失っていた」

「たしかにわたしと追いかけっこをして汗だくでした」

「軽い脱水症状が見られる。それに加え、初めて悪漢を見てびっくりしたのも相まって気を失ってしまったのだろう。もうじき、目を覚ますだろうが、まずは水を飲ませてやれ」

「さすがは名医、完璧な見立てです」

改めて夏侯門の眼力に感嘆していると少女が目覚める――。

「う……うーん……」

とか細い声を漏らすと、ゆっくりとまぶたを開ける。

香蘭は少女を刺激しないように出来るだけ優しい声を作る。

「もし——、もし、気がつかれましたか？」

香蘭の配慮が奏功したのか、少女は慌てることも混乱することもなかった。

「……あなたは、先ほどの」

「はい。先ほどはいきなり肩に触れてしまってすみません。驚かせてしまいましたね」

「いいえ、あれはわたくしが悪いのです。あなたはとてもいい人なのにあのような態度を取ってしまってすみません」

申し訳なさそうに頭《こうべ》を垂れる少女、やはりとても育ちがよさそうだ。いつまでも頭を下げていそうなので香蘭は自己紹介をする。

「わたしの名前は陽香蘭、陽診療所の娘です。白蓮診療所というところで医者の修業をさせて頂いております」

「まあ、お医者さま」

と目を輝かせたのはやはり彼女も医者志望だからだろう。そのように推察した。

「わたくしの名前は董白《とうはく》。南都で材木問屋をしている董策《とうさく》の末娘でございます」

「あの有名な材木問屋の」

「はい」

「しかも末娘。——わたしも末娘なんです」

「まあ、一緒ですね」

「はい、しかも同じ医者を目指している」

「うふふ、同じですね――、あれ、でも――」

喜びを隠さない菫白であるが、驚きの表情も隠さない。

「わたくしが医者を目指しているとなんでご存じなのですか？」

「ああ、それですか。すみません、実は書家で姿をお見かけして」

「まあ」

「同じ対策書を買おうとしていたので、医道科挙を受ける方だと推察しました」

「ええ、はい、そうです。今回、はじめて医道科挙を受けようとして」

「実はわたしもなんです。わたしは一三の頃から受け続けていますが」

「すごい」

「すごくなどありませんよ。一三から受けているということは、それだけ落ちているということです」

「なるほど」

「今回こそは受かって見せますが、そのためにもあの対策書物を手に入れねば」

「あの本はとても素晴らしいですね。なんとか手に入れないと」

決意を同じくし、親近感を覚えるふたり。菫白はおっとりとしているが、とても行動的な娘で香蘭と気が合いそうだった。話を深める。

その後、小一時間ほど雑談すると、香蘭は董白を家に送る役を買って出る。

「貧民街に迷い込んでしまったのは不運ですが、おかげで友達になれた。今後もどうかよしなにしてください」

そのように切り出し、董白を家に送り届けようとしたが、彼女は「え？」という顔をする。香蘭は「う……」と漏らす。やはりいきなり友達面をするのは図々《ずうずう》しすぎたか、同年代の娘との距離感が分からない、と思っているとさ彼女が引っかかった点がそこではないと気がつく。

「わたくしは貧民街に迷い込んだのではありません。もとから貧民街に用があったのです」

「なんと。どのような用が？」

「件の対策書物です。書家の御主人に聞いたところ、この辺に本を持っている方がいるとお聞きしたので」

「なるほど、それでこのような場所にやってきたのですね」

「はい。ですのでその目的を果たすまで帰れません」

「分かりました。わたしも対策書物を写本せねばと思っていたのです。よければ一緒にその方を訪ねませんか？」

「本当ですか？」

表情を輝かせる董白。

「助かります。土地勘がありませんし、またあのようなことがあると困ります」

「貧民街は危険な場所ですが、歩き方さえ心得れば問題ありません。わたしが付いていれば悪漢も寄ってこないでしょう」

そのように胸を張るが、お茶のお代わりを持ってきた胡備師がくすくすと笑う。いざこざを引き起こす名手である香蘭が年上風を吹かすのがおかしくて仕方ないのだろう。むむぅ、と思ってしまうが、いざこざのときに何度も救って貰ったことがある胡備師には反論できなかった。しかし、胡備師は出来た人なので香蘭の過去を暴露したりはせず、頼りになる言葉をくれる。

「悪漢に絡まれたら夏侯門診療所の胡備師の名を出してください。もぐりでもない限り、皆、恐れおののいてくれましょう」

胡備師は武芸の達人で、夏侯門診療所で起きた荒事を何度も解決しているのだ。その言葉はなによりも頼りになった。

香蘭は彼に礼を言うと、董白の手を引き、件の人物のもとへ向かった。

†

香蘭と董白が探すのは張万世《ちょうまんせい》という名の男だった。

貧民街に住む名もなき男で、香蘭たちが欲する対策書物を持っていた。

香蘭は董白から住所を聞き出すと、そこに向かった。

張万世が住んでいる家は夏侯門診療所のすぐ近くにあった。

それはそれで有り難いのだが、その家を見て沈黙してしまう。

「…………」

「…………」

ふたり同時に黙してしまったということは、同じ感想を抱いたということだろう。

張万世の家はボロ屋だった。それも控えめな表現で、有り体にいえば廃墟《はいきょ》のようであった。

「……こんなところに人が住めるのかしら」

とは董白の言葉であるが、それは正しい。張万世の家は屋根が所々剝がれており、壁が朽ちており、今にも崩れそうであった。いや、半分崩れていた。

しばしふたりで呆然《ぼうぜん》と見つめるが、ここで突っ立っていてもなにも始まらない。意を決すると、

「たのもう！」

「ごめんくださいまし」

と大きな声を張り上げた。

張万世邸の壁はあってないようなもの、その声は隅々まで届いたのだろう。立て付けの悪い扉が開かれる。

そこから現れたのは風体の冴《さ》えない老人だった。

「おじいさん……」

「いや、別人かも。お孫さんが医道科挙を受けるのでは？」

「ああ、そうかもしれませんね」

そのように囁《ささや》き合《あ》っていると、目の前の老人は、

「違うわい。わしが張万世じゃ。わしが医道科挙を受けるのだ」

驚く香蘭と菫白。

医道科挙には年齢制限がない。この国に戸籍があるものならば誰でも受けられる。ゆえに老人が受験してもおかしくはないのだが、彼のような老齢のものが受けるのは珍しかった。見たところ六〇代に見えるが、仮に合格しても先がないだろうに、という表情をしていると老人は怒り出す。

「失敬な娘たちじゃの。わしはまだ四〇代じゃ」

「な、なんと、父上と同年代なのか」

「びっくりです」

目を丸くする香蘭たちを胡散臭《うさんくさ》そうに見つめるが、気の良《い》い人物のようで、香蘭たちを追い返すようなことはなかった。

「それで何用じゃや。わしはこう見えても忙しい」

香蘭は改めて跪《ひざまず》くと挨拶をする。

「失礼しました。わたしは陽香蘭と申します。白蓮診療所で医者の見習いをしています。来年の医道科挙を受験するつもりです」

「なんだ。お仲間か。それでそっちのお嬢ちゃんは？」

「わたくしも香蘭さんと同じです。わたくしは見習いはしておりませんが、それでも医者になりたく、来年の医道科挙を受けようと思って」

「なるほど、つまりわしが購入したこれを写しにきたのか」

張万世は右手に持っていた対策書物、赤青臓本《せきせいぞうほん》と呼ばれる本をちらつかせる。

「それです。どうかその本を写本させて頂けませんか？」

香蘭は包み隠すことなく願い出る。この老人、いや、中年か。この人物に余計な駆け引きなど不要と思ったのだ。事実、張万世は竹を割ったような人物で、あっさりと、

「いいぞ」と言った。

「わしも昼夜この本を読んでいるわけではない。そうだな、正午から一刻、他の書物を読み込む。その間に書き写すがいい」

「ありがとうございます」

「早速、明日から通え。昼飯時に来るのだからなにか飯でも作れよ」

そう言うと張万世は家の奥に戻り、読みかけの書物を読み始めた。話しかけるなという雰囲気を発する。

香蘭は彼の背中に礼をし、帰り際、家の中を覗《のぞ》き見《み》る。とても汚く、不衛生だった。壁を何匹もの油虫《ゴキブリ》が這《は》い回《まわ》っている。真冬だというのにこれほどいるということは、よほど住み心地がいいのだろう。

（……わたしはともかく、董白は耐えられるかな）

このように小汚い場所に通ったら、三日で病みそうだと思ったが、董白は一切気にした様子がなかった。

油虫を見ても悲鳴ひとつあげない胆力、小汚さに臆することもない。勉学に懸ける思いが凄《すさ》まじいのだろう。

――そのように解釈したが、違った。彼女は〝箱入り過ぎて〟油虫の存在を知らなかったのだ。

道中、素っ頓狂なことを言う。

「張万世様は〝甲虫《かぶとむし》〟がお好きなんですね。うふふ、わたくしの弟と一緒です」

「…………」

なんて呑気というか、世間知らずなのだろうか。お嬢さま過ぎて呆れ果てるが、ともかく、明日からこの純粋培養のお嬢さまと老人のような中年と一緒に勉強をすることになった。

これもなにかしらの縁だろう。祖父には縁を大切にしろと習った。祖父は史上最年少で科挙と医道科挙に合格した麒麟児《きりんじ》と呼ばれた。その教えは尊重すべきであった。

†

名家の娘が中年の男の家に通って写本をするなどといえば、大抵の親は止めるものであるが、香蘭の家も例外ではなかった。

特に母は真っ先に反対する。

「嫁入り前の娘がなんということを。また婚期が遠のくではないですか」

と、お冠である。ただ姉は擁護してくれる。

「香蘭は思慮深い娘です。友人と一緒に通うということですから、間違いは起こりませんよ」

一番の理解者である姉の春麗《しゅんれい》、彼女は常に香蘭の味方であった。姉が冷静に母を諭し、父を説得してくれるのが幼き頃からのお約束であるが、はたして父の反応はどうだろうか。食卓の席で父の顔を窺見《きけん》する。

——香蘭の父、陽新元は「ううむ」と表情を曇らせていた。

これは駄目だ。姉の助力を得てもこれでは望み薄ということだろう。張万世は悪い人物ではなさそうだが、貧民街の男やもめの家に未婚の娘が通うなど、さすがに許されることではなかったか——そのように思ったが、違ったようだ。

「張万世……、張万世。はて、どこかで聞いたような」

と首をかしげている。どうやら心当たりがあるようだ。もしかして彼は隠れた名医だったりするのだろうか。一瞬、心を逸《はや》らせるが、そうではないようだ。

父は思い出したぞ、と己の手のひらを小突く。

「張万世。たしかわしが医道科挙を受けたときに隣に座っていたものだ」

「なんと、そのような偶然があり得るのですか」

驚く香蘭。たしかに張万世は父と同世代だからあり得ない話ではないが。

「そうなると張万世殿は三〇年近く医道科挙を受け続けていることになるのか」

「そうなるな」

信じられない——、と思ったのは物理的に不可能だからではない。医道科挙には年齢制限も回数制限もない。その精神力に驚いたのだ。

「普通のものならば心が折れるだろうな」

「はい。わたしも三度受けていますが、若いからなんとかなっている」

「そうだ。一〇度受けるものも珍しくない試験ではあるが、あの歳《とし》になっても受け続ける精神がすごい。どのような困難にも屈しない鋼の心を持っているのだろう」

医者にぴったりだ、と続けるが、肝心の医道科挙に合格できないのは皮肉というほかない。

「三〇年前に一度、机を並べただけであるが、悪い印象は受けなかった。いや、むしろ、善良を絵に描いたような若者だった」

ただ、少し不器用そうであったが。そのように続けると、父は大きくうなずく。

「あのとき、彼は医道科挙に合格し、立身したい、病に苦しむものを救いたいと言っていた。その瞳にいささかの曇りもなかった」

父の眼力は絶対である。なにせあの白蓮の才能と人格を見抜き、弟子になる許可をくれたのだから。

「とても澄んだ瞳の青年だったな。一角の人物になると思っていたが、運が足りなかったか」

「彼の家に通ってもいいということですか？」

父は「うむ」とうなずく。とても威厳があるが、その台詞を聞いた母は嘆息する。

「まったく、なんて甘い父親なのかしら」

事実、そうであったので否定は出来ないが、香蘭は理解があり、頼りがいのある父が大好きだった。

深々と頭を下げると、さっそく正午前に張万世の家に向かうと告げる。反対していた母であるが、手土産を持たせてくれた。

「陽家の娘が礼儀知らずと噂《うわさ》されればさらに婚期が遠のきますからね」

と呟きながら、白蓮にも渡すように言った。

なんでも中年とはいえ、男の家に通うと宣言すれば白蓮が嫉妬し、ふたりの仲が進展するかもしれないとのことだった。余計なお世話であり、見当違いでもあるが、診療所で働く時間が減ることは確かだったので付け届けはしておくべきだと思った。

「養成閣《ようせいかく》の月餅か」

母が用意してくれた手土産は南都でも有数の名店のものだ。白蓮のお気に入りでもあったので、文句を言うことはあるまい。実際、張万世の家に行く前に診療所に立ち寄ったが、

「中年の男に乗り換えたか」

と皮肉を言うだけで、写本通いの許可をくれた。

「まあ、三〇年も医道科挙に落ち続けた男だ。反面教師という言葉もある。一緒に学べばなにかしら得られるものもあろう」

と有り難い言葉もくれる。

ちなみに白蓮は行きつけの妓楼で香蘭が医道科挙に落ちるか否か、賭けをしているそうで、偉そうに、

「受かるほうに賭けてやってるのだからせいぜい励め」

と声援を送ってくれていた。なんでもあの吝嗇《りんしょく》な白蓮が金子三枚を賭けているのだそうで、彼が負ければ娼妓《しょうぎ》たちに帯を買ってやらなければいけないのだそうな。

まったく、とんでもない師匠であるが、実力を買ってくれているのは素直に嬉しかった。もしも医道科挙に合格し、正式に宮廷医になっても白蓮が師匠であると宣言してあげよう。いささか上から目線にそう思った。

†

菫白と待ち合わせをする。年頃の娘と待ち合わせをするなど久しぶりのことだったので緊張してしまうが、菫白は気にした様子もなく、

「香蘭さん」

と笑顔でやってきた。豪華な馬車で現れたのはさすが材木問屋の娘というところだが、忠告通り質素な木綿の服を着てきたのは偉かった。

「貧民街で華美な格好をしても百害あって一利なしです」

と諭した甲斐《かい》があった。貧民街で絹の着物を着て歩くなど、蜂蜜を身体《からだ》にまぶした上に鮭《さけ》を持って熊の前に出るも同然なのである。

香蘭は董白の賢さと素直さに満足すると、貧民街に向かう前に雑貨屋に立ち寄った。掃除道具を揃《そろ》えるのだ。

「雑巾に石鹼《せっけん》、それと重曹をお願いします」

雑貨店の店主に必要なものを伝え、銀を渡し、商品を受け取る。買い物自体が珍しい董白がじっと香蘭を見つめる。

「ああ、これですか。これは掃除道具です」

「掃除道具？」

「雑巾、見たことありませんか？」

ぶんぶん、と可愛らしく首を横に振る。

「筋金入りだ。ええと、これは汚れを拭き取る布ですね。石鹼は汚れを取るもの。重曹はしつこい汚れに効果抜群です」

「まるで使用人みたい」

「わたしの家も掃除は使用人がやっていますが、診療所ではわたしも掃除しています」

「まあ、大変」

わたくしも医者になるのだから覚えねば、と董白は闘志を燃やすが、箒《ほうき》を見てきょとんとしているところを見るあたり、即戦力としては期待できそうになかった。

ただ、それでも張万世の家の掃除を怠るつもりはなかった。

赤青臓本を写本させてくれる礼もあるが、あのままでは書き写すのもままならないと思ったからだ。散らかりすぎて写本をする場所もないし、なによりも不衛生だった。香蘭は診療所と掛け持ちなのでばい菌を貰うわけにはいかないし、温室育ちの董白は三秒で肺を病んでしまうだろう。あの腐海のような部屋を清掃してから写本作業を行いたかった。

というわけで初日は硯《すずり》も筆も持たず、清掃作業に明け暮れる予定であるが、そのことを伝えても家主はへそを曲げなかった。

それどころか、ちょうどいいと屁《へ》をこきながら呑気に返答をしてみせた。

「この一〇年、掃除をしてこなかった。おまえさんたちが掃除をしてくれるというのならば拒むことはない」

「一〇年……」

家の中を見回すが、とても一〇年掃除をしていないようには見えない。〝二〇年〟はなにもしていないように見えた。些細《ささい》なことなので突っ込みはしないが、香蘭は覚悟を固める。

「白蓮診療所で学ぶようになってわたしの掃除技術は天下無双となったのだ」

半分、自分を叱咤《しった》するために大言壮語を吐き、着物の袖をまくる。

気合いを入れて掃除に臨むが、張万世はひとつだけ注意をした。

「どこをどう掃除しようとおぬしの自由だが、その奥の部屋には入るな」

「その奥？」

張万世の顎がさした先を見るが、そこには衝立《ついたて》がされた扉があった。

「ああ、あそこだけには入るなよ」

決して覗いてはいけない部屋、開かずの間。好奇心を刺激されてやまないが、絶対に覗かないことを誓う。

家に上がり込み、写本までさせて貰うのだ。その上、家主の秘密を暴くなど、あってはならないことであった。

ただ、董白はうずうずしている。好奇心の塊である彼女は、開かずの間の奥になにがあるか気になって仕方ないようだ。

香蘭は、彼女の首根っこを摑むと掃除の手伝いを命じた。掃除に集中させることで好奇心を抑制させるのだ。

「好奇心は猫を殺すのです」

ありふれたことわざで友人候補の好奇心を牽制《けんせい》すると、ふたりで掃除を始めた。董白は生まれて初めての掃除だそうだが、案外、気に入っているようだ。

「このような楽しいことを使用人たちは毎日しているのですね」

と目を輝かせながら羨む。それは香蘭が陸晋に初めて掃除を教えてもらったときの反応とそっくりだった。あのときは家に帰ると使用人から箒を取り上げ、代わりに掃除をしたものだ。陸晋に教えてもらった茶殻を撒《ま》いて箒をかけると汚れが取れる、という技をどうしても実践したかったのだ。

董白も家に帰れば同じようなことをするのは疑いなかった。董白は香蘭と同じで好奇心が旺盛で夢中になりやすい性質を持っているからだ。だからこのように貧民街の見知らぬ男の家で一緒に写本をするという数奇な運命を辿ることになったのだ。


香蘭と董白は時間をかけて張万世邸を掃除する。

掃除の達人である香蘭と物覚えがいい董白であるが、張万世邸の汚れは頑固で、すべて洗い流すのに三日かかった。

筆舌に尽くし難い努力の末、なんとか油虫を駆逐できるまで清掃すると、四日目にしてやっと写本作業に入れた。ようやく硯と筆の出番であるが、写本を始めると同じ机で張万世も書き物を始めた。

一〇代のうら若き乙女と中年の男が同じ机で作業するのは奇異な光景であったが、拒否する理由はなかったので、しばらく無言で写本に没頭する。

香蘭たちが黙々と写していると、張万世が突然話しかけてくる。

「人間の血管は動脈と静脈に分かれている。簡潔に纏めると動脈は血液を心臓から全身に運ぶ血管、静脈は心臓に戻る血液を運ぶ血管だな」

「…………」

びくりとしたのはこちらを見ずに写本している箇所を言い当てられたからだ。

「びっくりするようなことじゃない。おぬしたちの筆の動きが変わったからな。――そこだけやたらと先進的じゃろう」

「はい。この国では病気になったら逆《さか》さ磔《はりつけ》にして血を抜けと真顔で言う医者が溢《あふ》れております。そんななか、このような情報が書いてあるのは驚きです」

「なんでもその情報はここことは異なる世界からやってきた医者がもたらしたものだそうな」

「なんと!? もしかしてそのものは白蓮というのでは」

「さてな。それは知らぬが、五〇年ほど前に死んだ医者と聞く」

「……ならば違うか」

「中原国の医学は周辺諸国より進んでいるが、外の世界にはもっと進んだ国もあるということじゃな」

そのように纏めると、張万世はぶつぶつと書き物を続ける。

さすがは三〇年、医道科挙を受けているだけあり、医学の知識は飛び抜けているようだ。白蓮は反面教師にしろと言ったが、なかなかどうして知識面では香蘭を上回っている面もあるようだ。

「わたしの師匠はこの知識をもたらしたものと同じ異世界の人間です。とても先進的で正確な知識を得ることが出来るのですが、だからこそ困ることもあります」

「と言いますと？」

横で筆を動かしていた董白が尋ねてくる。

「先進的で正しい知識のほうを覚えてしまうのです。張万世殿の言うとおり、この国の医療は周辺国よりも進んでいますが、我が師の国に比べれば五〇〇年は劣っている」

嘆く香蘭、この国にはいまだ病原菌という概念がない。ウイルスと細菌の区別もないのだ。

ゆえにこの世界の医学を香蘭は間違いだと分かりつつも科挙合格のためには間違いを覚えなければならず、それが精神的負担になっていた。そのことを嘆くと張万世は笑う。

「それはしたり。医者のもとで修業しながら勉強するのも善《よ》し悪《あ》しだな」

董白も同意する。

「そうですね。合格できればそのまま即戦力になれるのですが」

ふたりはそのように纏めるが、その通りである。神医のもとで修業するのは痛《いた》し痒《かゆ》しだが、それでもそれを理由に不合格にはなりたくなかった。

香蘭は写本を続けるが、この赤青臓本はなかなかに名著だった。過去問が分かりやすく解説されている上、今回の出題傾向が予想されているのだ。合理的で納得のいく説明が添えられており、すんなり頭に入る。これさえ読み込めば今回こそ合格できるのでは、と思ったが、それを聞いた張万世は笑う。

「まったく、気の早いお嬢さんだ。それは医道科挙を舐《な》めすぎだ」

「しかし、前回は州試の医学問題で落ちたのです。基礎問題のほうは自信があります」

「なるほど、四書五経は暗記しているか」

「はい。不本意ですが、丸暗記すれば済む問題ですからね」

張万世は試しに論語の一節を唱えるが、香蘭はその後に続く言葉をそらんじてみせる。

「――子曰く、学びて時に之を習ふ亦《また》説《よろこ》ばしからずや」

「すごい」

と、はしゃぐは董白であるが、張万世はかっかと笑った。

「なるほど、たしかにすごいお嬢さんだ。しかし、医道科挙はあらゆる試験の中でも最難関、なにせこのわしが三〇年間も落ち続けているのだからの」

「たしかに」

少し話しただけであるが、張万世の知性は鋭い。愚物ではないどころか、英才と言ってもいいだろう。しかしそんな彼ですら三〇年も合格できないでいる。女の身である香蘭が合格するのはたやすくないだろう。困難を嘆くと董白はきょとんとする。

「医道科挙に男とか女とか関係あるのですか？」

と素っ頓狂なことを言う。その言葉に張万世は呆れる。

「なんだ。そっちの娘は常識も知らないのか」

「申し訳ありません」

董白の代わりになぜか謝る香蘭。董白はさらに不思議そうな顔をするので香蘭が説明する。

「純粋培養の董白さんは知らないかもしれませんが、この国では女は差別されているのです。いや、区別か」

「と申しますと？」

「数十年前まで女は医道科挙を受けられませんでした」

「そうなのですか？」

初めて知った、という顔をする董白。

「はい。女は力仕事に向かない上、子育てがありますから」

「でも、それじゃあ、今はなんで受けられるのですか？」

「それは数代前のお妃様《きさきさま》が皇帝陛下に諫言《かんげん》したのです。女性の権利拡大に熱心な皇后様で頭もよかった。頑迷な皇帝陛下を説得するため、男の医者に自分の身体を触らせたくない、と言ったそうです」

「なるほど、以来、女も受けられるようになったのですね」

「ええ、貴族には妻や娘を男の医者に診せたくない、というものが多いですから」

需要があったのでしょう、と続けると張万世が補足する。

「英邁《えいまい》な皇后のおかげで女の権利は拡張されたが、それでも依然、差別ははびこっておる」

「と申しますと？」

「医道科挙の合格者は毎年、三〇に満たぬが、女は毎年ふたりしか合格できない」

「どういう意味ですか？」

「男以上の成績を収めても、自分より上の成績を収めた女がふたりいればどんなに優秀でも合格できないということじゃよ」

それを聞いた董白は、「な、なんですってー!?」という顔をする。衝撃の事実、そんな不条理が許されるのですかと抗議するが、香蘭も張万世も「許される」としか言えない。いや、本来は許されないが、この世界はそのようになっている。女は一段下に見られ、あらゆる権利を阻害されているのだ。それは悪習であったが、だからといってそれにあらがうことは出来ない。香蘭たちは決められた規程の中で戦わなければいけないのだ。

口惜《くや》しそうに説明すると、董白は納得してくれたようだ。

「なんという世の中でしょう」

と嘆き、もしもわたくしが皇后になったら、女性のさらなる権利拡大に尽くします、と言った。是非そうしてほしいものだが、思ったよりも悲壮感がないのが気になる。

「女はふたりしか合格できないのですよ。その割には楽観的ですね」

そのように尋ねると、董白はにこりと笑って言った。

「香蘭さん、逆に考えてください。ふたりしか合格できないのではなく、ふたり合格できるのです。つまり、今回の合格者はわたくしと香蘭さんです」

満面の笑みで疑うことなくそのように言い張る董白。楽天家というか、能天気というか、呆れてしまうが、それでも嫌いな考え方じゃなかった。――否、むしろ好感が持てる考え方だった。

「今さら女人枠が少ないことを嘆いても仕方ないか。赤青臓本を写本できるのだし、このように頭のよい科挙仲間と勉強できるのだ。今回こそ合格してみせる」

そのように拳を握りしめると、張万世はうむとうなずき、董白はきゃっきゃと喜んだ。

写本はあと一週間もあれば完成するだろうが、三人は今後も一緒に勉強をすることを誓った。互いに苦手な分野を補強し合い、医道科挙の対策を立てることを約束したのである。

——後の世にこの三人の誓いは桃園結義《とうえんけつぎ》と呼ばれるようになることはなかったが、それでもそれなりの分岐点となる。少なくとも香蘭は後年、そのように振り返ることになる。

†

それから毎日、勉強を続ける三人。香蘭は正午から二時間、張万世の家を訪れたあと、そのまま白蓮診療所で仕事をする。菫白は家に帰り、自習する。張万世は傘張りの仕事に精を出す。

菫白だけ自身が恵まれ過ぎていると思っているようだが、香蘭も張万世も気にしなかった。人間人それぞれ、役割があると思っているからだ。

ただ、張万世が普通に働いていることに驚きはした。張万世は見るからに世捨て人で、内職すらしなさそうな人間に見えたのだ。

そのことを正直に話すと張万世は、かっかと笑った。

「わしとて腹は減る。霞《かすみ》を食べて腹が膨れるわけではなし、本も買わねばならないからな。亡父の遺産も残り少ないし、働かねばならない」

「なるほど。元々は裕福なお家柄だったのですね」

「うむ、そうだ。選ばれし無職だな」

　ちなみに科挙受験者が職に就いていることは稀《まれ》である。基本的に財産に恵まれたものが受験するのが科挙だった。なぜならば科挙は働きながら受験して受かるような生易しいものではないからである。四書五経とその副読本を読むだけで数年の月日が必要だし、そもそもそれらの書は高い。商家や貴族に生まれたものだけが買いそろえることが出来た。つまり、受験者の大半が名士層なのである。香蘭は貴族の家系だし、董白は大商人の娘、張万世も代々官僚を輩出する家柄だった。この三人、奇異なように見えて実は裕福という共通点があるのだ。

　――いや、張万世だけは「もと」と付け加えなければいけないか。

　粗末な家財、ぼろぼろになった土壁を見回す。すると張万世は香蘭の考えていることに気がついたのだろう。苦笑いを浮かべる。

「三〇年、このようなあばら屋にしがみついてまで、なぜ、医道科挙を受け続けるか、気になるのかな」

　香蘭は恥じ入る。彼の台詞と寸分違わぬ疑問を抱いていたからだ。そのように思うことも恥であったし、顔に出してしまうのはなおさら恥であった。ただ、張万世は気にした様子もなく、理由を話してくれた。

「気にするな。その年頃はなにかと他人を詮索したくなるもの。知っているか、わしも昔は一六歳の少年だった」

張万世はそう言うと昔話を始める。

「あれはわしが一五歳になったばかりの頃だった。わしの家は代々、中原国の宮廷に官吏を輩出する名門での。ちょっとした素封家でもあった」

素封家とは金持ちのこと。昔はこのようなあばら屋ではなく、大邸宅に住んでいたそうな。しかしそんな張家にも没落の日がやってくる。万世の父が失脚してしまったのだ。公金横領の罪によって死罪になってしまったのである。無論、濡《ぬ》れ衣《ぎぬ》であったが、張家は没落せざるを得なかった。

張家は南都を夜逃げのように離れると、中原国各地を転々とした。砂を噛むような生活をすること数年、父の冤罪《えんざい》が晴れて南都に戻るが、そのときには宮廷への伝手《つて》も財産の過半も失っていた。張家は貧民に零落してしまったのだ。

そんな中、張万世は一族の期待を一身に背負って医道科挙を受けることになる。

張万世は一族の中でも一番頭が良かった。次男であるが、兄は万世の才能を誰よりも認めており、亡父の遺《のこ》した財産で書物を買い与え、自身は野良仕事や内職をしながら弟の勉強費用を捻出してくれた。弟たちも丁稚奉公で得た少ない給金を万世に仕送りしてくれた。妹たちは自分たちの持参金を削ってまで万世に尽くしてくれた。親類縁者もこぞって万世に期待してくれた。一族の傑物と目されていたのだ。

「すごいですね。まさに期待の星です」

香蘭がそのように纏めるが、さして珍しいことではなかった。

中原国の科挙はその高い難易度に相応《ふさわ》しい栄達を約束してくれるのだ。通常、科挙に合格すれば高級官僚になることが出来る。庶民の出であろうが関係なく、学問を究めれば立身出世できる。

この国には半貴《はんき》半科《はんか》という法律があり、高級官僚の半数は貴族、半数は科挙合格者という取り決めがあった。その法律はしっかりと機能しており、庶民であっても大臣職に就くことは夢ではなかった。優秀であれば国を指導する役職「丞相《じょうしょう》」になることも出来る。

ただ、張万世は父の一件もあり官僚になる道は選ばなかった。政治とは無縁の医者になる道を選んだのである。

白蓮あたりに言わせれば「政治と無縁でいられる医者などいない」となるのだろうが、少なくとも当時の万世は官僚よりも医者のほうが手堅く見えたようで、以来、三〇年間、ただひたすら医道科挙を受け続けた。

「そのおかげで頭髪もこのとおりだ」

　ぽんと自身の頭を叩く。父と変わらぬ年齢だというのに頭髪は真っ白だった。日に当たらないせいか肌は若々しいが、腰が曲がっており、妙に老けている。

「いや、自分で言うのもなんだが、とんと受からない。学問の筋は悪くないと思うのだが」

「筋が悪くないどころではありませんよ。あなたは英才だ。一族の期待の星だけはある」

　一緒に勉強して気がついたが、こと知識に関しては張万世は天才だった。四書五経に関する暗記力、読解力、考察力は他者の追随を許さない。学者並の学識を備えていた。事実、万世は県試、州試で手こずったことはなく、院試や歳試で躓《つまず》くのだそうな。特に院試の実技が苦手だという。

「これは逆に医者としての経験のなさが足を引っ張っているな」

「ですね」

　今の香蘭ならば実技は余裕であるが、経験がなかった頃はたしかに包帯ひとつ巻くのに難儀したことを覚えている。

「医道科挙は高難度だ。通常の科挙よりも難しい」

　万世は嘆く。

「わしのように何十年と受け続けるものもいる。過去の歴史を紐《ひも》解《と》けば九〇歳の老人が受けたこともあるそうな」

「まさしく執念ですね」

「だな。わしのように一族の期待を背負っていたのだろう。何十年も受験した挙げ句に受からず最後は科挙の会場で喉を掻《か》き切《き》ったもの、勉強のしすぎで精神的におかしくなったものもいる」

「受験ノイローゼ……」

　白蓮にならった言葉を思い出す、ノイローゼとは気鬱《きうつ》のこと。人間、異常な環境下に置かれると精神に異常を来すことがある。数百万文字を暗記し、数千の受験者と競う科挙や受験という制度は人の精神を壊すことがあるのだ。そのことを説明すると、万世は「かっか」と笑った。心当たりがあるという。受験会場で自刎《じふん》した男を何人も見てきたのだそうな。

　万世の倍、六〇回科挙を受けた男。彼は最後の試験で自身の服の裏地にびっしりと四書五経を書き込んだ。結局は露見し、永久追放となったのだが、翌年、会場に現れると己の首を掻き切った。

　また逆にまだ一〇代だというのに頭髪が真っ白になった青年もいた。幼き頃より勉強に明け暮れ、極端な生活をしてきたためだろう。結局彼も最後は試験会場で自殺を図った。

いつか自分もああなるかも。初めて人が死ぬところを見たとき、万世は恐怖に駆られたそうな。しかし、万世は今も精神を保ち、気丈に生きていた。

「どうだ、すごいだろう？　三〇回も科挙に落ちたようには見えまい？」

そのように自慢するが、たしかに自慢していいように思えた。香蘭は〝まだ〟四回目であるが、科挙の過酷さはよく知っていた。何年にもわたって準備を重ね、過酷な試験を何日も受けた上、不合格を言い渡される不条理は経験したものにしか分からない。

そのように香蘭と万世は意気投合するが、ひとり蚊帳《かや》の外なのは董白だった。彼女はまだ科挙を受けたことがないのだ。疎外感と不安感に包まれている。それを感じ取った万世は、「すまない、すまない」と謝る。董白は「気にしませんわ」と返したが、それでもやはり不安なようだ。

万世はお詫《わ》びのつもりか、三〇回科挙に落ちても耐えられる精神力の養い方を教えてくれた。

秘伝じゃぞと言うが、董白はあまり興味がないようだ。彼女は自信家というか楽天家なので一度で合格する気満々だからだ。しかし、香蘭は興味があった。無論、香蘭も今回の科挙を最後とするつもりであったが、聞いておきたかった。人生の先達の言葉であるし、賢者の言葉のように思えたからだ。香蘭の熱心な態度に感心したのか、万世は喜んで秘訣《ひけつ》を話す。

「いいか、失敗に耐える精神を養うには愛するものを持つことだ」

「愛するもの？」

香蘭と董白は互いに顔を見合わせる。

「そうじゃ。つまり妻を持つこと。おぬしらならば夫を持つことじゃな」

「なんですか、それは」

予想外な上、不本意だったのだろう、董白は軽く怒りを見せる。

「ふ、まあ、女の身で医者になろうというのだから、夫などほしくはないのだろうが、悪いことは言わない。結婚はしておけ」

「結婚すると精神的に強くなるのですか？」

「ああなるさ。なる。妻を持てば責任感が芽生える。妻を養おうと全力を出せる」

「もっともなお言葉ですが、万世様は妻帯していないではないですか、説得力がありません」

董白は可愛い顔をして直截的《ちょくせつてき》な受け答えをするが、万世は気にすることはなかった。彼は意外にも余裕があったのだ。

「なんじゃ、おぬしら、わしを独り身だと思っていたのか」

思っていました、その身なり、この家、とても嫁がいるとは思えない。それは香蘭が思ったことであり、董白が直接言ってしまったことであるが、彼はまったく気にしなかった。

「かっか、青いな。さかしいようだが、観察眼が足りぬ。このような美丈夫が独り身のわけがないだろう」

貧相な顔つき、散切《ざんぎ》り頭《あたま》、お世辞にも美丈夫とは言えないし、このような貧乏な家に嫁に来る奇特な娘もいないだろうが、それでも万世は妻がいると言い張った。

「この家は香蘭さんと一緒に隅々まで掃除しました。女ものの衣服はありませんでしたし、あなた以外いませんでしたよ」

至極まっとうな考察を述べると、万世は「ふう……」とため息をついた。

「まったく、意外と勘の鈍い娘たちだな。——しかし、おぬしたちはこの家のすべてを見たわけではないだろう」

「すべてってこんな狭い家に空き部屋なんて——あ……」

菫白が素っ頓狂な声を上げたのはこの家に〝空き部屋〟があったからだ。香蘭と菫白は同時に〝開かずの間〟の扉を見る。万世が絶対に入るな、と言った部屋である。

「もしかしてあそこに奥様がおられるのですか？」

「ああ」

「なんと、それならば早くおっしゃってください」

香蘭はそう言うと席を立つ。

「なんじゃ、どこに行くつもりだ？」

「ご挨拶です。この家を使わせてもらっているのですから」

そのように言うと、万世は「行くな!!」と語気を強める。あまりの迫力にたじろいだ。

「――いや、すまなかった。しかし、あの部屋の扉はどんなことがあっても開けるな、と言ったじゃろ」

「……たしかにお約束しましたが」

「ならば守ってくれ。実はな、妻は病気なんじゃ」

「病気？」

「そうだ。身体が蠟《ろう》になってしまう病気でな。若い娘さんに感染《うつ》したくない」

「身体が蠟になってしまう病気!?」

そんなものがあるんですか、と驚く董白が香蘭の顔を覗き込んでくるが、香蘭も知らない。白蓮から教わった西洋医学の書物にも、この国の医学書にもそんな病気は記載されていなかった。

だからといってそのような病気がないとは断言できなかった。香蘭は未熟であり、この世のすべてを知っているわけではないのだ。

「……なるほど、大変な病気だ。――もしかして万世殿が医道科挙にこだわるのは」

「そういうことだ。わしは医者になって妻の病気を治してやりたい。あの蠟のような肌を元に戻してやりたい。だから三〇回落ちても耐えられるのだろう。諦めることが出来ないのだろう」

万世はそのように纏めると、改めて科挙の合格を願った。香蘭たちも気持ちを同じくする。董白などはわたくしが医者になって奥様を治して差し上げます、と鼻息を荒くした。

三人はその後も変わらず勉強を重ねたが、ついぞ万世の妻と会うことなく、その日が訪れる。医道科挙の日、県試が始まったのである。

†

科挙の県試は年明け早々に行われる。

まずは県試と呼ばれる県単位の試験を行って受験者の実力を見るのだ。

県試上位者だけが次の州試に進めるというわけであるが、不出来な受験者はここで落とされる。

「いわゆるセンター試験だな」

とは受験の大家、白蓮の言葉である。

ちなみに県試は通常の科挙、医道科挙の合同となる。医学の問題が出されるのは州試からで、県試は一般教養しか出ない。

一般教養とは哲学、政治、国語、外国語、儒学、歴史、数学、などのことだ。香蘭が幼き頃から読まされている啓蒙書の暗記が必須の試験であった。

県試の前日、往生際悪く診療所で四書五経を暗記していると白蓮が皮肉気味に言った。

「どこの国も行き着くと詰め込み教育になるのだな」

「……」

沈黙したのは、今口を開けば記憶した言葉が逃げてしまいそうな気がしたからだ。

「受験戦争、俺の国でもあったよ。一八歳の少年少女が青春を放棄して勉強に励む。そしてたった数日のセンター試験に命を懸ける」

もっとも、と続ける。

「昨今は少子高齢化で誰でも大学に入れるレベルになっているらしいが。それと反比例するかのように国力が落ちているのが興味深いね。周辺諸国を見ると、日本が否定した詰め込み教育、受験戦争を激化させた国が相対的に国力を充実させている。もしかしたら受験戦争は善なのかもな」

他人事《ひとごと》のように言うと、新鮮な葡萄《ぶどう》の実を房から取り、口に運ぶ。香蘭に「食べるか？」と尋ねてくるが、さすがに堪忍袋の緒が切れる。

「白蓮殿！　いい加減にしてください！」

「梨のほうがよかったか？」

「違います。わたしは勉強しているのですよ」

「それは知っている。だから受験豆知識を話してやった」

「それは白蓮殿の国の話でしょう」

「相通じるところはある」

「そうですが、明日は暗記命の県試なのです。余計なことを吹き込まないでください」

そのように毅然《きぜん》と言われるとさすがにしゅんとする——ことはなく、陸晋に向かって、

「ヒステリックな女は厭《いや》だよな」

と同意を求める。常識人の陸晋は苦笑いを浮かべるだけであった。ただ、師匠も悪魔ではない。先達としての助言もくれる。

「暗記は一夜漬けをしても意味はない。今日は早上がりにしてやるからゆっくり休め」

「しかし、患者が」

「俺と陸晋でどうにかする」

「……ありがとうございます」

素直に厚意を受け取る。たしかに暗記は一夜でどうにかなるものではない。香蘭は幼き頃から四書五経を熟読してきたのだ。今までの努力を信じ、明日に備えるのが一番のような気がした。なので家に帰ろうとするが、白蓮はそんな弟子に餞別《せんべつ》をくれる。

「おまえにはこれをやろう」

　白蓮が持ってきたのは、紙の束だった。

「これは？」

「医学の問題を書いた単語帳だ」

「……単語帳？」

「俺の国で盛んだった暗記法だ。四書五経など一文字も覚えていないが、この国の〝間違った〟医学ならよく知っている。だから試験に出そうな問題をあらかじめ書いておいた」

「え……、白蓮殿が？」

「勘違いするなよ。実際に書いたのは陸晋だ」

　ふん、と白蓮は顔をそむけるが、明らかに照れ隠しだった。

【問い『この国では弱った臓器と同じ臓器を喰《く》らえとあるが、弱っても決して喰らってはいけない臓器はなにか？』　答え『膵臓《すいぞう》』】

　単語帳を見つめる。手のひらに収まる大きさで、医学の問題がびっしりと書き込まれている。その裏にもびっしりと解答が。

　師匠の気持ち、陸晋の思いやりが伝わってきて、ほんのり心が温かくなる。

「あ、ありがとうございます」

軽く涙ぐんだ香蘭は単語帳を有り難く受け取ると、勉強を重ねることを誓った。

「県試はリラックスして受けろよ。三回受けて三回合格してきたのだから」

「はい」

「州試も今のおまえならば楽勝だろう。問題は院試と歳試だ。ま、それもなんとかなるだろう」

そう言うと白蓮は最後に梨を投げてきた。空中で受け取ろうとするが、香蘭は上手《うま》く摑めず全身で受けとめた。

「……まったくとろい女だ。試験に体育がなくてよかったな」

白蓮は吐息を漏らすと、玄関まで香蘭を見送ってくれた。

†

県試の会場は南都になる。香蘭は南都生まれなので、県試から歳試まで地元で受けられるのだ。これはかなり有り難いことである。地方のものは地方で受験し、それぞれの会場で合格し、州都、南都へとやってこなければいけない。長旅になるし、旅費も掛かる。それらが免除されるのは僥倖《ぎょうこう》以外のなにものでもない。

「南都生まれは財産」

とは科挙受験者の共通認識であった。

「このような有利な環境にいるのだから、今年こそ決めねば」

と意気込んで県試の会場に向かう。するとそこは人でごった返していた。さすがは中原国最多の人口を誇る南都、受験者数も最多のようだ。祭りよりも賑《にぎ》わっている会場に入ると、衛兵に誰何《すいか》される。香蘭は去年と同じように片膝を突き、拱手礼《きょうしゅれい》をする。

衛兵は偉そうに、

「女か、面倒だな」

と言うが、そのまま女官を呼んできて、小屋に同行させる。そこで身体検査をされるのだ。衣服に解答集《カンニングペーパー》を隠していないか、チェックするのである。また刃物の類を持っていないかも確かめられる。

県試は特に不正に厳しい。暗記問題であるがゆえ、解答集を持ち込んだものが有利になるからだ。香蘭は大人しく身を委ねる。ちなみに解答集を持ち込むと「死罪」となることもある。持ち込みを見逃した兵士は鞭打《むちう》ちになり、見つけた兵士は褒美が貰える。皆、真剣となる。下着の中まで探られたのは不快であるが、大人しく検査を受ける。なぜならば科挙という制度に敬意を持っているからだ。

この国は腐敗しているが、こと科挙だけは公正だった。このように不正は絶対に許さず、受験者の出自を問わず、合格者は公正に扱われる。貴族だけが栄えるわけではなく、庶民出身でも勉強すれば栄達できるというのは素晴らしいことであった。

　なので香蘭は身体の隅々まで調べさせ、その崇高な理念に共感する意思を見せるが、女官は事務的に「問題なし——胸が小さいこと以外は」と余計な一言を添えて検査を終える。

「白蓮殿といい、ここでもか」

　軽く憤慨するが、いざこざを起こしても仕方ないので大人しく試験会場に入った。

　試験会場といっても白蓮の世界のそれのような開放的な空間ではない。ひとりが入れるだけの小さな煉瓦《れんが》造《づく》りの小屋が無数に並んでおり、受験生はこの小屋の中で試験を受けるのだ。これは他人の答えを覗き込まないようにさせるための処置である。ちなみにこの小屋は一年に一度しか使われないから、とてもカビ臭い。肺が弱いものならば病気になってしまうだろう。

　そのように思っていると肺が弱そうな少女を見かける。董白だ。彼女は香蘭の姿を見つけると笑顔で手を振るが、さすがに声は掛けてこない。下手な動きをして不正を疑われれば、互いに困ることを知っているのだろう。張万世の姿も見つけたが、彼は香蘭はおろか、周囲の誰とも交わろうとしなかった。

「まあ、仕方ない。さっさと試験を終えて三人で茶でも飲むか」

　余裕を見せる香蘭であるが、さすがに隣の小屋の受験生には挨拶しておくべきだろう。

そう思った香蘭は隣の小屋に入ろうとしている男に声を掛ける。

彼は二〇歳くらいの青年で、青白く不健康な顔をしていた。髪は綺麗に結い上げてあるが、目が虚《うつ》ろで焦点が定まっていない。香蘭が目に入っていないようだった。

ただ、それでも隣人、「よろしくお願いします」と頭を下げると、彼は香蘭を両手で突き飛ばした。

「五月蠅《うるさ》い！　五月蠅い！　女が僕を惑わすな！　母上以外の女が僕に話し掛けるな！」

男は奇声を上げる。衛兵が即座に現れるが、尻餅をついた香蘭は笑って誤魔化した。

「すみません。小屋に虫がいたもので驚いてしまいました」

衛兵はそんなことか、と呆れたが、「いざこざは起こすなよ。喧嘩《けんか》両成敗だからな」と言い残し、去って行った。香蘭を突き飛ばした男は目を瞑り、ぶつぶつと四書五経を暗唱している。科挙のこと以外頭にないようだ。

（……これが受験ノイローゼというやつか）

白蓮から聞き、張万世からも聞いた言葉だ。科挙という過酷な試験を受けるものは精神を壊す。この男が何度目の受験かは知らないが、精神に異常をきたしているようだ。

「そう考えれば張万世殿はすごいな。三〇回受験しても精神を保っていられるのだから」

そのように年上の友人に敬意を表すと、香蘭も小屋の中に入った。数秒後、県試開始の鐘の音が鳴り響き、一斉に問題用紙が配られた。皆、張り詰めた空気を切り裂くかのように一心に筆を走らせるが、香蘭は出来るだけゆっくりと筆を動かした。

なぜならば試験は三日間に及ぶからだ。三日間も張り詰めたままだと体力が持たないことを知っているのだ。香蘭の受験は四回目。この会場にいるもののなかでは少ないほうであるが、それでも試験の体力配分はよく心得ていた。

†

県試は三日に及び、合格者を発表するのに二週間を要す。解答を精査するのに時間が掛かるからだ。なにせ南都の会場だけで三〇〇〇人近くもの人間が受験したのである。彼らの解答用紙を並べれば東宮御所を横断できるほどになる。

二週間の間、受験者は不安に苛《さいな》まれるだろうが、香蘭はいつものように診療所に通い、いつものように勉強していた。

いや、いつものように勉強し、診療していた、が正しいか。香蘭は白蓮の勧めもあり、朝、勉強するようにしていた。人間、朝目覚めたときが一番頭が回るので、早朝に勉強するのが効率がいいらしい。

「東大医学部出身者の言葉は素直に信じておけ」

とは師匠の弁であるが、素直に実行してみると、たしかに勉強効率が上がった。もはや州試の合格も疑いなかったので余裕も出てくる。そうなれば董白と張万世のほうが気になってくる。そのことを白蓮に伝えると、「また、お節介が始まった」と呆れられた。

「そのようなことを言わないでください。先日の県試でも隣の受験生が明らかにおかしかったのです」

「ほお、どのようにおかしいのだ」

「目が虚ろ、焦点が定まらず、言動も奇異」

隣の受験生は科挙の最中もずっと独り言を呟いていた。

「そりゃ、典型的な受験ノイローゼだな」

「はい。董白は初受験、試験はこれからどんどん過酷になっていきますし、もしも落ちたら彼のようになってしまうかもしれません」

「ならばそうならないように医者になるのは諦め、嫁にでも行けと助言しろ」

「白蓮殿！」

「なにを怒っている。そのようなことでノイローゼになるのならばしょせんそこまでの人間なのだろう。そのようなものが医者になれば精神を病み、自身を殺し、患者も巻き添えにするだけ」

「…………」

香蘭が沈黙したのはその通りだと思ったからだ。医者ほど過酷な職業はない。肉体的にも精神的にもきつい職業だ。毎日、人の命の儚《はかな》さに触れなければならず、自分の不手際によって人を殺してしまうこともある。

「……ある意味あの受験生は合格しないほうが幸せなのですね」

「そういうことだ。ただ話を聞いていると董白は案外図太い。そのような娘こそ医者が合っているのかもしれない。——問題なのは張万世のほうだな」

「万世殿？」

香蘭はきょとんとする。

「彼の精神は安定していますよ」

「そうかな。俺はそうは思えない」

「先日の試験でも顔を合わせましたが、女房のため頑張ると、闘志を燃やしていました。少しのろけが入っていてこちらが気恥ずかしかったくらいです」

「女房ね。俺ならば女房が家にいると思うと気鬱になるが」

「そりゃ、妓楼通いが趣味のあなたに家庭の良さは分からないでしょうが」

「まあ、それは人それぞれか。だが、俺はとてもやつの精神が安定しているとは思えない」

「根拠はあるのですか」

「あるさ。話を聞いていればやつの知識は図抜けている。科挙ごときに合格できないのはおかしい。精神に異常をきたしているのかもな」

屁で返事する張万世の姿を思い出す。ずぼらであるが、闊達《かったつ》で明るく、精神を病んでいる要素は見つからない。愛する奥さんを治療しようと医者を目指す様など心打たれる要素しかない。

そう主張すると、

「ふん、まあいい。そのうち分かるさ」

とだけ言って白蓮は入院棟に向かった。珍しく回診するようだ。香蘭には休めと気を遣ってくれているのだろうが、張万世の精神状態を心配するのは見立て違いのような気がした。

「まあ、白蓮殿は外科の名医。人間の心には疎いのだろう」

そう結論づけ、白蓮の勧め通り、休憩し、身体を休ませた。他人の心配も大事だが、医者の不養生、紺屋《こうや》の白袴《しろばかま》には気をつけたかった。健全な心にこそ健全な精神が宿る。これは祖父が教えてくれた言葉だった。

当然のように県試に合格すると、州試に進む。州試から通常の科挙と切り離されるので受験者の数はぐっと減るが、それでも数百人が同じ会場に集まって試験を受ける。州試から医学の問題も出るのでやっと医者らしい試験となるが、香蘭はこれもなんなく合格する。白蓮がくれた単語帳にあった問題がかなり出されており、師の慧眼《けいがん》に改めて驚く。礼は今度言うとして、問題なのは院試と歳試だった。ここまでは序の口、本番はここからなのだ。

院試は難易度自体が跳ね上がるということもあるが、試験期間が七日にも及ぶ。香蘭の体力が持つか心配であった。

その対策として父からは、

「診療所の仕事を休ませて貰いなさい。体力を温存するのだ」

と勧められたが、それは丁重に断った。白蓮診療所はただでさえ医者が足らず、回っていない。香蘭が長期に休めば困るのは患者だった。

父は「やれやれ」と呆れたが、それでも諦めずに陽診療所から医者を何人か派遣すると提案してきた。「おまえの代わりに医療を施す、それもただで」と言ったのだ。

香蘭はそれでも渋るが、

「おまえの医者としての腕は彼らよりも上なのかね？　私の診療所で長年、修業に明け暮れていた彼らよりも」

そんな論法で香蘭の反論を封殺した。それだけでなく、夏侯門診療所からも同じような提案があった。香蘭が院試と歳試に挑んでいる間、夏侯門は宮廷通いを休み、自分の診療所に専念すると言ってくれたのだ。さすればご近所の白蓮診療所の負担も減るというわけだ。

尊敬する父と夏侯門にそのように配慮されては断ることは出来なかった。絶対合格して、医者になって恩返ししようと誓うが、問題なのは師のほうである。過分な給金を貰っている以上、勝手に休むわけにはいかない。香蘭は師に伺いを立てると、このような返答を貰った。

「いちいち伺いを立てるな。早く医者の免状を貰ってきびきび借金を返せよ」

なんでも医者の免状を貰っても借金がある限り、宮廷医に専念させないとのことだった。鬼のような人だが、陸晋が意訳してくれる。

「先生は出来るだけ長く、香蘭さんと一緒にいたいのですよ」

本当にそうか、怪しいところではあるが、それでも香蘭は合格してもしばし白蓮と時を共にするつもりだった。彼からはまだまだ学ばねばならないことが多くあったし、借金を返さねば枕を高くして眠れないからだ。白蓮という守銭奴はたとえ香蘭が死んでも地獄まで取り立てに来る人物だと思っていた。

†

万全の態勢で院試に挑めるようになった香蘭、董白と張万世と一緒に勉強する回数も飛躍的に増えたが、彼らの準備も万端のようだ。董白は初の受験で州試をなんなく突破したことにより、少々、調子に乗りすぎていたが、自信は自分に力を与える特効薬だと知っていたので、香蘭はたしなめなかった。

ただ、自信過剰の彼女も、歳試は不安だという。

「たしかに難度も跳ね上がるし、なによりも皇帝陛下が臨席されるからな」

そう、科挙の最終試験には皇帝もやってくる。初日だけであるが、皇帝が受験者に訓辞を下賜してくださるのである。

「こ、皇帝陛下を目の前にしたら頭が真っ白になるかも」

董白は怯《おび》えるが、それは香蘭も同じだ。万乗之君《ばんじようのきみ》にして天子でもある皇帝陛下を目の前にしては平常心を保つのは難しい。香蘭は二度ほど会ったことがあるが、そのときも極度に緊張した。

「……よくもまあ陛下の前で踊りを披露できたよな」

二度も下手な舞を披露したことを思い出す。今でも赤面ものであるが、今回も試験の前にお言葉を賜るとあれば緊張することは必定であった。

「こ、香蘭さんはまだいいですよ。わたくしは初めてお会いするのに。ああ、お化粧はどうしたらいいのかしら。――綺麗にすれば見初められることもあるのかしら」

その言葉を聞いて笑いを止めないのは張万世。二重の意味でおかしいらしい。ひとつ、まだ院試も終えていないのに歳試の心配をするのか。ふたつ、皇帝が医者になど興味を示すわけがない、とのことだった。もっともである。まず心配すべきなのは院試であった。

張万世はため息を漏らす。

「院試には医療の実技試験がある。わしは三〇度受けてきたが、いまだに難しい」

「普通のものは実技などしたことがないですからね」

医療の実技を学ぶには医者の弟子になるしかない。董白も張万世も知識のほうは問題なかったが、実技は難儀するだろう。無論、香蘭は出来るだけ彼らに実技を指導していたが、それでも実践と真似事では天と地ほど違う。試験会場で十全に力を発揮できるか、未知数であった。

「――まあ、それでも受けるしかないのだが」

そのように纏めると、三人、決意を新たにするが、知識、実技の他にも院試にはもうひとつ厄介な試験がある。それは「対面試験」だった。院試から面接が重要になってくるのだ。

　これまでの試験はいわば最低限の知識があるかの足きりだったが、院試ではそれに加えて、「人格」も評価されることになる。国を担うことが出来る人材か、大志があるか、国を裏切らないか、官吏としての適性はあるか、あらゆることが精査される。

「試験は勉強すればなんとかなるけど、面接は難しいかも……」

　董白はしゅんと肩を落とすが、香蘭は元気づける。

「悲観は不要。科挙はなによりも公正。よほどの難物以外、面接で落ちることはないはず」

「そうなのですか？」

「はい。父から聞いたのです。どこまでも公正に判断してくれるはず」

　そのように纏めたのは仲間を勇気づけるためだったが、張万世は反論する。

「こりゃ、香蘭、なにを呑気な」

「呑気ですか、まあ、否定は出来ませんが」

「そうだ。面接こそ科挙最大の難関。一番不正が働くところぞ」

「たしかに面接は主観になってしまいますが、もしも面接で落としたものがのちに大成したら面接官に罰がくだされるそうです。不正は行われないと信じるしか」

「ふ、甘いな。わしは三〇回も落ちてきた。その半数は面接のせいだ。やつらは虚栄心と嫉妬心の塊、我らのようなものを気に入るわけがない」

小賢《こざか》しい才子、能天気な娘、中年の頑固者、たしかに官吏に好かれる要素は皆無だ。女であることも中年であることも負に働くような気がした。

しかしそれでも試験に挑むしかないのが、香蘭たちの立場だった。この期に及んでは国の公平性と自分たちの能力を信じ、試験を受けるしかないのだ。そのように決意を固めるが、さっそく国の公平さを疑いたくなるような人物と出会うことになる。

†

香蘭がその人物と出会ったのは院試が行われる二日前であった。その人物はわざわざ香蘭の家までやってきて自分が院試の面接官であると名乗った。

それを聞いた母は慌てて玉露と菓子の用意をする。面接官も礼節を持って返礼し、常識人であることを主張するが、香蘭とふたりきりになると本性を現した。

そのものは女官——宮廷に仕える女宮廷医なのだが、ふたりきりになると、香蘭を不合格とする旨を宣言する。

なぜそのようなことをと尋ねる前に彼女は自分の悪意を披瀝《ひれき》する。

なんでも彼女は大変な苦労の末に女宮廷医になったそうで、合格するのに一〇年掛からしい。
彼女はご自由にと言った。
こちらとしてもそんな理由で落とされたらたまったものではない。抗議すると言うと
ったとか。四度目の香蘭、しかも一六、七の小娘に合格されたらたまったものではない
男の宮廷医はともかく、女宮廷医の合格枠は決められている。毎年、面接で多くの女
を落としており、私情で落としても処罰されたことは皆無だという。
しない。このようなときこそ冷静になるべきだった。
香蘭は右手を握りしめるが、それを振り上げることはなかった。暴力ではなにも解決

のでしょう」

「——不合格にするとわざわざ伝えに来る必要があるとは思えない。なにか目的がある

「あら、察しがいいのね」

面接官の女は口角を上げると本題を伝えてきた。

「あなたは生意気だから面接で最低点を付けるところなのだけど、心がけ次第では逆に
最高点をあげてもいいのよ」

「〝ただ〟ではないのでしょう」

師のような口ぶりで返答するが、あの凄《すご》みは真似できない。

「察しがいいわね、取引よ」

「取引……、試験中にわたしがなにかすればいいのですか？」

「その通りよ。院試と歳試のとき、とある受験生の隣にしてあげるから、彼にあなたの答案用紙を見せてあげて。それが交換条件」

「要は不正に協力せよ、と？」

「そういうこと」

　ちなみに答案用紙を見せる相手は彼女の息子らしい。しかも先日、香蘭が出会った受験ノイローゼの男だった。母親であるこの面接官は是が非でも彼を医道科挙に合格させたいようだ。そのため幼き頃から勉強漬けにし、家から一歩も外に出さずに育てたと自慢気に言った。

「……だからあのように精神を病んでしまったのだ」

　虚ろな瞳の青年を思い出す。

「これもすべてあの子を思ってのこと。宮廷医となって出世するのがあの子の幸せなの」

「あのようなていたらくでは出世など出来ない。仮に不正で合格しても宮廷で落ちこぼれるだけ」

「そのときは街で開業させる。診療所の主になればあの子は飢えない。その資金も私が出すわ。それをするにも医師免許がなければ話にならない」

「わたしの師匠は免許がなくても立派にやっています」

「溝鼠《どぶねずみ》以下の人生だわ。私の息子には相応しくない。最高の人生を用意してあげないと」

ゆりかごから墓場まで、か。過保護な上に歪《ゆが》んだ母親だ。説教をしたいが、今の香蘭では彼女の心を響かせることは出来ない。それに、香蘭もぴしゃりと断ることは出来なかった。

面接官が香蘭の生殺与奪の権を握っている以上、下手な対応は出来ないのだ。

母に見せたあの善良そうな態度からも分かるように、このものは自分の正体や悪事を隠すことに長《た》けているはず。そんな人物の不正を訴えても香蘭を信じてくれるものは少ないだろう。

（……このものの言うことを聞くしかないのか）

医者になる、という夢を叶《かな》えるのならばそれが正解なのだろうが、最善だとは思えなかった。だから香蘭は、

「……お返事お待ちください」

とだけ言った。面接官はそれを受諾と受け取ったのか、嬉々《きき》として帰っていった。

「事前に面接に来るなんて仕事熱心な女官ですね」

とは事情を知らぬ順穂《じゅんほ》の言葉だったが、長年の付き合いの彼女でも香蘭が思い悩ん

でいることに気がつかなかったようだ。誰かに相談したいところであるが、彼女や家族は不適当だろう。余計な心配をかけたくもない。そう思った香蘭は最も頼りになる男のところへ向かった。

†

白蓮診療所はとても繁盛していた。陽診療所の医師が診療を手伝っているので目の回るような忙しさはなかったが、代わりに白蓮はその手伝い医たちから質問攻めに遭っていた。

神医白蓮の技術を間近で見た医者たちは等しくその技術に感嘆し、自分のものにしたいと思ったようだ。特に輸血には興味津々で、血液型に関する質問を根掘り葉掘りしていた。

まるで香蘭の男版だなと呆れつつも、白蓮は彼らに簡易的な講義をした。

それを見て陸晋は「陽診療所の気風かな」と評したが、その気風を最も色濃く持つ香蘭を見つけると驚きの声を上げる。

「あれ、香蘭さん、なぜ、ここに」

院試が終わるまで顔を出さないと言っておいたので驚かれても仕方ないが、香蘭の深刻な表情を見てすぐに察してくれたのだろう。白蓮に話を通してくれる。

「こいつらから解放されるのならばあの胸なしと話したほうがましか」

そううそぶくと香蘭のため、時間を作ってくれた。

応接室で話を聞いてくれるのかと思ったが、街の酒家に誘われる。

「黄翼《こうよく》から聞いているぞ。おまえ、少しは飲めるのだろう」

とのことだった。

「……酒など飲む気分にはなれません」

消沈しながら断るが、

「この国では一五になれば立派な大人。つまりおまえはもう年増《としま》だ。酒くらいたしなんでおけ」

という論法で盛り場に連れて行かれた。

白蓮行きつけの酒家は表通りのほうにあった。小さな店で、大人が六人入れば満席となるような店だった。香蘭には若干、敷居が高いが、白蓮は気にする様子もなく店に入ると、店主と看板娘に挨拶した。

なにも言わずに酒と肴が出てくるあたり、常連感に満ちていたが、香蘭は、濁り酒とししゃもを注文する。渋い選択だと笑われたが、ししゃもほど美味《うま》い魚はないと思っていた。

「いい味覚だ」

白蓮はそのように褒め称え、黙々と酒を飲む。彼は酒飲みなので香蘭が一杯あける間に四杯は飲み干した。ただ、香蘭のちびちびとした飲み方にケチをつけることはなかった。香蘭が真剣に悩んでいることを察しているのだろう。この日は軽口も皮肉も漏らさなかった。

ただ、無言で酒を飲むふたり、やがて白蓮は昔語りをはじめた。

「おまえさんがなにを悩んでいるかは知らないが、おおよそ、見当はつく。だから白井《しらい》連《れん》という男がここととは違う世界で働いていたときの話をしようか」

「しらいれん……」

ある名前が連想される。もしかして――それが白蓮の本名なのだろうか。尋ねたかったが、話の腰を折りたくない気持ちが先に立った。

「その男はその国の最高学府の医学部を卒業したエリートでな。大病院の院長の子息でもあった。彼には兄がふたりいたので病院は継げないが、それでも将来の約束はされていた」

聞き慣れぬ言葉ばかりであるが、意味は解《かい》せる。白蓮はいいところのお坊ちゃまのようだ。

「研究者になる道もあった。だが医者となったからには自分の手で多くの人を救いたいと思った。だからその男は大学病院に勤務し、直接、人を救う道を選んだ」

「ご立派です」

「まあな。ただ、男は立派でも周りがそうではなかった」

　白蓮は述懐する。

「金の力で免許を取った医者、権威主義の権化のような医者、院内政治が人命よりも重要だと思っている医者、医療ミスで患者を殺しても眉ひとつ動かさない医者、ほんと、色々なタイプの医者を見たよ」

「…………」

「周りは腐っていたが、俺だけは腐らない。そう思って独り技術を磨き、患者を治療してきた。朱に染まらずと他の医者を無視し、ただ患者を救った」

「一匹狼《いっぴきおおかみ》というやつですね。孤高の天才医師」

「いや、そんなたいしたもんじゃないよ、孤立していたんだ」

「…………」

「そのように可愛げがないから、他の医者のミスをなすりつけられたのだな」

「失敗をなすりつけられたのですか？」

「ああ、とある医師の医療ミスをなすりつけられた。とある患者が俺の誤診で死んだことにされた」

「……言葉もないです」

「ありがとう。俺はそのとき悟ったよ。コミュニケーション能力も才能の内なのだと。俺がもっと他人を理解し、他人に理解して貰う行動を取っていれば、ミスをなすりつけられることもなかった。あるいは俺が無実だと信じてくれるものもいただろう、と」

「それ以来、他人に理解されようと努力――してませんよね」

「その通り。俺はそのとき得た教訓で、他人は信用するな、政治と医療を混同するような輩《やから》とは付き合うな、と悟った。だから東宮の軍師兼典医という立場も長続きしなかったのだろうな」

「白蓮殿が言いたいのはそのような手合いと出逢《であ》ったら逃げろ、ということですか？」

「ああ、そうだ。やつらと戦って時間を浪費している間に何人の人間を救えると思う？東宮の下で働いていたときも似たような思いをしたよ。そのときも逃げた。逃げの一手が正解だよ」

「……………」

白蓮は東宮の軍師として働いていたという。この国を憂い、この国を改革しようとしていたようだが、今は市井で医療に従事していた。大学病院時代と同じような不条理を体験したのだろう。それが南都の貧民街の神医白蓮誕生の裏にある物語なのだろうが、香蘭も彼と同じ道を歩んでいいのだろうか。

選択肢はふたつ。面接官の命令に従いその息子の不正に手を貸すこと。さすればそのまま宮廷医になれる。もうひとつは面接官から逃げ出し、医道科挙から遠ざかること。白蓮のように市井の医者となり、人々を救うのならば免状はいらなかった。

白蓮が救ってきた多くの命を思い出す。あるいはそちらのほうがより多くの命を救える可能性もあった。祖父が説いた仁の医者を目指すのならばそれでも問題ないはずであった。

——あったのだが、香蘭は納得がいかない。

酒杯をどんと置き、言い放つ。

「白蓮ろの」

呂律《ろれつ》が回っていないのは酒が回っているせいだ。

「なんだね、香蘭君」

「たしかにあなたは市井にあって多くの命を救ってきた。わたしから見れば神のような存在です。正直、わたしはあなたのような人間になりたい」

「そりゃどうも」

「だからこそわたしは逃げたくないのです」

「ほう、どういう解釈かな」

「解釈もなにも、あなたは一度も逃げてはいないではないですか」

「……」

その言葉を聞いた白蓮は奇妙に目を輝かせる。

「斬新で先進的な解釈だな。俺は大学病院を追われ、東宮の軍師も辞めたのだぞ」

「それは自分に合わない服を脱いだに過ぎません。逃げたのではない」

「……」

「大学病院というところも逃げたのではなく、追い出されたのでしょう。そこにあなたの意思はない。東宮様の軍師を辞めたのもやむにやまれぬ事情があったと推察します」

「……」

「百歩譲ってあなたが逃げたとしても、それは医者になってからでしょう。医者になる前は逃げなかったはず。引かなかったはず」

「……たしかに、な」

「最高学府の医学部に入るのは大変だったのでしょう。そこを卒業するのも。ましてや病院で多くの命を救っていたとき、そこに逃げの気持ちなんてなかったはずだ」

「……」

「だからわたしも逃げない。白蓮の弟子である香蘭も逃げてはいけないのです」

香蘭は自分に言い聞かせるように宣言すると、残っていた濁り酒を飲み干した。

「決めました。この陽香蘭、あの不正官吏に目にもの見せてやります」

「……ほう。なにかいいアイデアがあるのかね」

「あろますとも」

舌っ足らずにそう言い切ると、香蘭は白蓮の耳元に囁く。——耳打ちするのだが、途中、気持ち悪くなって吐いてしまう。まだ自分の酒量をわきまえていないようだ。白蓮は「汚い」と一言で切り捨てるが、弟子を見捨てることはなかった。店主に清掃代と酒代を渡すと、不肖の弟子を背負って自宅に送り届ける。陽家のものは酔っ払った娘を見て呆れていたが、白蓮は違った見方をしていた。

師匠とは違った生き方の出来る希有《けう》な娘だ。

白蓮はそのように思い、香蘭の評価を著しく上げていた。

†

香蘭が選んだ道は茨の道だった。

不正官吏をぎゃふんと言わせることは出来ても、自身にはなんの得ももたらさない道を選んだのである。ある意味、愚かで不器用な道でもあったが、詳細を聞いた師はなにも文句は言わなかった。それは仲間たちも一緒だった。

香蘭の計画を聞いた董白と張万世は、開いた口が塞がらないという顔をしたが、反対はしなかった。董白は香蘭と似た気質がある。

「信じられません。女の敵は女って本当ですね」

香蘭の立場に同情し、全面的に力を貸してくれると誓ってくれた。

「面倒くさい性格だが、だからこそわしのような輩と付き合っているのかな」

張万世は、ため息を漏らすと、出来るだけ協力する旨を伝えてくれた。

快く了承してくれたのは香蘭の日頃の行いもあるだろうが、何よりもその策が血なまぐさくなかったからだ。悪徳官吏への報復に武力は用いず、知力だけで対抗する姿勢に共感してくれたのだろう。科挙受験者なので知的なやり口が大好きなようだ。

「しかし、香蘭さんの計画ですと、院試を首席で合格しないといけません。それは困難なのでは？」

董白が当然の疑問を述べるが、香蘭は黙って州試の合格通知書を見せる。そこには、

「首席」

という文字が書かれていた。

董白と張万世は互いに顔を見合わせる。董白は「見た目に似合わず頭がいい」と正直に独白し、張万世もまた「人は見た目に拠《よ》らない」という表情をした。

「あなた方と一緒に勉強した成果です。赤青臓本には感謝しないと」

「わたくしたちの出逢いの切っ掛けですものね」

「じゃな」

「はい。ですが、首席で合格するにはさらなる勉強が必要です」

「それなのだけど、赤青臓本の著者が新刊を出すみたい。もうじき、発刊するみたいだけど、事前に読ませて貰ったら、他の人に先んじられるのではないかしら」

「董白のお嬢ちゃんはずる賢いの」

「えへへ」

「褒めてはいないが、良い案だ。香蘭を一分でも長く勉強させたい。我々が頼みに行こうか」

「いいですわ、さっそく、明日」

二人からの提案に面食らう香蘭。彼女たちも受験生なのだ、大事な院試前にそのようなことはさせられない。

「遠慮することがありますか？　わたくしたちは友達でしょう」

「董白……」

「そうだ。我らは数奇な縁で出逢ったものたち。それくらいのことはさせてくれ」

そのように言うと、万世は寸暇の時間も惜しいとその場を去った。香蘭はふたりに感謝すると、自宅に戻り、勉学に勤《いそ》しんだ。

翌日、張万世が新しい対策書物を届けてくれた。彼の妻からの温かい言葉も。

「今年こそ夫も合格するから、香蘭さんも同期となってくださいと我が妻が言っていた。貧しいゆえ、手土産を持たせられなくてすみませんとも」

香蘭は軽く涙ぐみ、張万世とその妻に返礼する。

「わしも最後のひと踏ん張りじゃ」

彼はそのまま背中を向け帰っていった。

香蘭の力になってくれたのは彼らだけではない。家族は変わらぬ助力をしてくれた。白蓮診療所に医師を派遣してくれた父は大昔に使っていた参考書物を香蘭に渡してくれる。注釈の文字の墨が新しいものがある。つまり、寝ずに注釈を書き込んでくれたのだ。

母は健康面や食事面で力を貸してくれる。使用人に栄養のあるものを作らせ、香蘭が風邪を引かぬよう寝ずの番、香蘭が机で寝てしまえばそっと毛布を掛けてくれる。

姉は勉学は不得手だから精神的に支えてくれる。母のように優しく、父のように厳しく叱咤し、香蘭のやる気を刺激してくれた。

家族の十全な助力、仲間の信頼を得た香蘭は、過去最高の態勢で院試に臨んだ。

院試は南都の会場で行われる。受験生の数は一〇〇を割っており、英才中の英才が集まってきていた。この中で一番になるのは大変困難ではあるが、是非ともやらなければならないことであった。

院試開始直前に小屋に入ると、香蘭は小屋を精査する。

(壁の一部がくり貫《ぬ》かれて隣と繋《つな》がっている……)

その穴を精査すると鏡が見える。その鏡を使って香蘭の解答を見せよ、ということだろう。まったく小賢しい手法であるが、衛兵をだませる最良の手だ。この仕組みさえ知っていれば怪しまれずに不正が出来る。

不正官吏の息子はにやにやとこちらを見ている。上手くやれよ、ということだろう。

「……いいさ、やってやる」

小さく、だが力強く応える。香蘭の闘志は燃えていた。是が非でも隣のぼんくらを合格させ、香蘭の遠大な計画を成功させたかった。

そのために集中し、問題用紙が配られるのを待つ。

正午ちょうど、開始の鐘が鳴ると、端から順番に問題用紙が配られる。回収するときは反対側から行われる。気持ち的には最初に配られたほうが楽だ。ちなみに香蘭の小屋は右端である。今日は右端から問題用紙が配られた。

(……いいぞ、幸先《さいさき》がいい。首席を取ってやる)

改めて誓うと、香蘭は勢いよく筆を走らせ始めた。


結果を言えば香蘭は首席で合格した。三日間、最高の状態を維持し、最高の得点を叩き出したのだ。院試には実技もあったので、ぼんくらは平均では最低ラインギリギリであったが、カンニングのおかげで歳試に進んだ。

ぼんくらの母の面接官は「よくやったわね、ご苦労」とねぎらいの言葉を香蘭に掛けた。

「面接は最高点にしておいたわよ」

恩着せがましくそう言うが、そのような態度でいることが出来るのもこれが最後であった。

なぜならば彼女は歳試で破滅するからである。


歳試当日、香蘭は文字通り帯を引き締める。

医道科挙の最終試験には恐れ多くも皇帝陛下がご臨席され、お言葉を賜る。このことは官吏を目指すものの常識であった。皇帝の姿を一目見たいからと科挙を受けるものもいるくらいだが、皇帝の前では平伏《ひれふ》し、お姿を見ることなく試験が終わる。ましてや皇帝陛下に声を掛けることなど絶対に許されない。

直訴は重罪と昔から決まっている。無論、香蘭は〝いい子〟なので自分からお声がけするようなことはなかった。ただ、最前列に陣取り、華美な格好で臨んだが。

歳試の受験生は数十人でほぼ男ばかり。皇帝の御前に列するため、小綺麗にはしているが、皆、学究の徒らしい格好をしていた。女人は四人いたが、皆、堅苦しい格好をしている。香蘭の隣で平伏している董白ですら、慎ましやかな格好をしていた。

平伏しながら董白は尋ねてくる。

「――香蘭さん、その格好は」

「似合っていますか？　母上が買ってくださった衣服です」

「まるで歌舞を披露するときに着る衣装じゃないですか」

「そのとおり、これは以前、陛下の前で歌舞を披露したときに着ていたもの」

そのように囁き合っていると、皇帝は香蘭に目を付ける。

「そこの娘――」

と、お呟きあそばすと、側近のものが香蘭の名を呼ぶ。顔を上げよとのことだった。

香蘭は出来るだけゆっくり顔を上げると、極上の笑顔を献上した。

「陛下はこのような謹厳な場で、なぜそのような華美な衣装を着ている、と、仰せになられている」

側近のものはそのように言うが、香蘭は平然と、

「このような場所だから華美な衣装を着ているのです」

と返答した。次いで理由も述べる。

「医道科挙を女が受けられるようになってはや数十年、歴代皇帝陛下の恩寵《おんちょう》により女人にも宮廷にのぼる機会を与えてくださり、誠に嬉しく思っています」

皇帝は胸まで伸びた美髯《びぜん》をなで回している。このような美辞麗句、聞き飽きているのだろう。このままではそこらの凡庸な女官と変わらないので、香蘭は核心に入る。

「このような衣装を着て科挙を受験するのは、医道科挙は女の戦場だからです」

その物言いに皇帝は興味を引かれたようだ。

「女の戦場ゆえ、化粧を施し、美しい衣装で参りました」

香蘭の行動と態度を気に入ったのだろう。皇帝は直接声を張り上げる。

「なるほど、理に適《かな》っている。医道科挙は戦争そのもの。しかも女はふたりしか合格できないと聞いている」

「左様でございます」

「おぬしはそれが不満か？　ゆえにそのような格好をし、朕が声を掛けるのを待っていたか」

「滅相もない」

「ならばなぜ、そのような格好をする。朕と話したいのであれば東宮を介せばよかろう」

皇帝は香蘭のことを覚えているようだ。香蘭は二度、皇帝の前で歌舞を披露している。風流皇帝と呼ばれる今上皇帝は雅《みやび》やかな歌舞を好み、それを披露することによって無理を聞いて貰ったことがある。今回もまた踊りを披露するつもりかと思われているようだ。

無論、そのようなつもりはない、と宣言すると皇帝は興味深げな瞳をした。

「一回目の歌舞は朝廷に巨悪がはびこっていることを上奏するために行いました。二回目は行き過ぎな貴妃たちに掣肘《せいちゅう》を加えるために行いました。しかし、医道科挙でそのような真似はいたしません」

「ほう、なぜ」

「医道科挙は公正だからです。勉学の秀でたものが競い、結果を出したものが登用される。たしかに女の枠は定められていますが、その中で二番以内に入れればいいのです」

「たしかにそうだ。相対的に相手を上回れば済む話」

「左様でございます。この陽香蘭は誇り高き陽家の娘、踊りを披露して抜け駆けするなど考えたこともございません」

しかし——と香蘭は続ける。

「抜け駆けはいたしませんが、陛下に上奏したい議があってこのような格好をいたしました」

「ほう、なんじゃ」

「いけません、陛下。このようなことは前例がありませんし、直訴にあたります」

皇帝の侍従は止めるが、当の本人はさして気にしていないようだ。さすが風流皇帝、面白い趣向が好きなようだ。それに案外、度量が広く思慮深い。東宮は皇帝のことを凡庸と評していたが、香蘭は違った見方をしていた。

（――この方は凡庸を装った狸《たぬき》だ）

三度ほどの対面でそれは確信に変わっていたが、言葉にはせず、本題を口にする。

「中原国に連綿と続く科挙。それは他に類を見ない制度です。どのような出自の人間も受験できる上、限りなく公正に合否が決められる。科挙によって登用された人材はとても優秀で、国の宝となり、陛下のため、国の発展に尽くします。それによってこの国は周辺諸国に羨まれるような国力を手に入れたのです」

香蘭はそのように前置きして、しかしその制度が瓦解するかもしれない、と続けた。

皇帝は興味深げに「ほう？」と問うた。

「それはひとりの不正官僚のせいです。たったひとつの不正――とは言い切れないでしょう。彼女の口ぶりから察するに、長年、恣意的に医道科挙を運営してきたはずです。彼女の不正を見逃せば、科挙制度そのものが揺らぐ。ひいてはこの国の存亡にも関わる事態になるかと」

その言葉で香蘭と皇帝のやり取りを聞いていた女官の眉がつり上がる。皇帝の前では彼女のような雌狐《めぎつね》でも萎縮せざるを得ないようで、飛び出してくることはなかったが。

「つまりこの医道科挙の公平性を損なう官吏がいるということか」

「有り体に申し上げれば」

「そのものは誰じゃ。この場にいるのか？」

「──おります」

と言うと香蘭は先日の面接官を指さした。

周囲の視線が彼女に集まる。まさかあのものが、という表情をした同僚がいないところを見ると、彼女の行状は周知の事実だったのだろう。誰も庇うものはいなさそうだった。ゆえに決死の覚悟で自己弁護を始める。

「──陛下、陛下、そのものは嘘《うそ》つきにございます」

「ほう、この娘が嘘つきとな」

「はい。そのものは試験で不正を働いたのです。臣《しん》がそれを調べていたのでこのような虚言を用いて臣を陥れようとしているのでございましょう」

「そのような手できたか」

香蘭は吐息を漏らす。思ったよりも頭の回転が速く、ずる賢かったからだ。要はこの面接官は自分が不正を働いたのではなく、香蘭が不正を働いたと罪をなすりつけようとしているのである。ぼんくら息子がカンニングしたのではなく、香蘭がしたということにしたいようだ。

事実、面接官はそのように皇帝に説明すると、皇帝は沈黙する。

ふうむ、と美髯を撫《な》でている。風流皇帝は政治に関心がない。ましてや医道科挙の不正などどうでもいいと思っているようだが、このような事態になったからにはなにもしないわけにはいかないようだ。改めて香蘭のほうに振り向くと、「このように言っているが、おまえの無実を証明する手立てはあるか？」と尋ねてきた。

香蘭は拱手をし、「あります」と即答する。女官は仰天する。

「な、なんですって」

あ、有り得ない、とはさすがに続けない。自信があるようだ。あるいは最初から香蘭に不正試験の責任を押しつける気満々で証拠を用意していたのかもしれない。ならばこちらも遠慮する必要はないだろう。はっきりと宣言する。

「このものはわたしが不正を働いたと主張していますが、それは違います。わたしは不正に協力した振りをしていただけです。この席で皇帝陛下に不正を告発するためです」

「でたらめですわ、陛下、お耳を貸してはいけません」

「でたらめではありません。もしもでたらめならばわたしを死罪にしてください」

「命を懸けるということか」

「はい。わたしの命は軽くない。これから何万もの命を救う身です」

香蘭の気迫溢れた言葉に皇帝は見いだすべきものを見つけたのだろう。「いいだろう」と言った。その瞬間、場の主導権は香蘭に移る。

「三日です。三日後、すべてが白日の下にさらされます。そのときもまだこの女官に理があると思われたら、この香蘭の首を刎《は》ねてくださいませ」

力強く宣言すると、皇帝は鷹揚《おうよう》な仕草でうなずいた。

このような展開になるとは思っていなかった近習《きんじゅ》と官吏たちであるが、皇帝がうなずいた以上、香蘭の好きにさせるしかなかった。皇帝が退席すると予定通り試験が執り行われた。

三日後、すべてが分かると宣言した香蘭もなにごともなかったかのように試験を受ける。歳試は計五日行われるが、三日間、全力を尽くすことによって自分の正しさを証明するのだ。

この三日の試験で、ぼんくら息子より圧倒的に良い成績を挙げるので、それを見てどちらが正しいか判断してくれということであった。

面接官は香蘭の目論見に気がついていたのだろう、香蘭の代わりの受験生を見つけると、彼を脅し、カンニングさせたようだが、それは無駄な抵抗に終わった。なぜならば香蘭が圧倒的な好成績を収めたからだ。答案用紙が回収され、得点が集計されると、香蘭とぼんくらの点差が皇帝に知らされた。そしてその日のうちに面接官は罷免され、刑に服すことになる。息子も同様に獄に繋がれた。それほど圧倒的な差だったようである。

勉学を重ねた甲斐があった、と安堵《あんど》する香蘭だが、四日目の試験は受けなかった。

その理由は、このような事態になった以上、今年の試験は辞退するほうがいいと思ったから――ではなく、四日目に力尽きてしまったからだ。

陽家の自室で寝込む香蘭、父が熱を測る。白蓮に分けて貰った水銀製の体温計を口から取り出すと、

「三九度――絶対安静だな」

と言った。

「面目ない」

と香蘭は答えるが、父は責めることはなかった。香蘭が誰よりも努力したこと、誰よりも真摯に頑張ったことを知っているからだ。不正試験事件の詳細も知っており、知恵熱によって倒れるのも仕方ないことだと慰めてくれた。

香蘭はぐるぐると回る天井を見つめながら眠りにつく。

（……今年も駄目か。立つ瀬がない）

熱が下がれば白蓮診療所に顔を出さなければいけないが、今から気鬱だ。白蓮にどのような顔で話せばいいか分からなかったからである。からかってくれるのならまだ救いがあるが、気を遣われたら余計に落ち込む。はあ、厭だ厭だ。そのように嘆きながら目を瞑った。香蘭は何も考えないことにして眠り続け、三日で元気を取り戻した。

香蘭が知恵熱を出して静養している間、白蓮診療所を東宮が訪れた。酒を飲みながら囲碁を指しに来たというのが表向きの理由だが、久しく自分の典医の顔を見ていないというのが本音のようだ。

「そんなに心配ならば陽家のほうに行け」

冷たくあしらいながらも縁側に碁盤を運ぶ白蓮。久しぶりに友人が来てうきうきしているのだろう、陸晋はそのように察したが口にはせず、酒と肴を用意する。

白蓮は東宮にふたつ置き石をさせ、勝負を始める。東宮はなにも言わずに黒石を置く。その後、ふたりは夢中で囲碁を指す。白蓮のほうが実力者であったが、東宮もなかなかに達者で鋭い手を打ってくるのだ。陸晋も香蘭も囲碁が下手なので、ここまで伯仲できる相手は東宮だけであった。

しばし、夢中になるが、途中趨勢《すうせい》が定まると、どちらからともなく香蘭の話題になった。

「あの娘らしいな。不正を告発したはいいが、知恵熱を出して最終試験を棒に振るなど」

「ああ、おまえの弟子らしいよ」

と絶妙な一手を置く東宮、白蓮は「ううむ」と唸《うな》るが、さらにいい手を返す。

「まったく、遠慮がない」

「たしかに香蘭はそういう娘だ」

「おまえの手だよ。まったく、一国の皇太子に加減をせぬとは」

「したらしたで怒るだろう。おまえは」

真実を述べると、東宮は「たしかに」と微笑みながら、石を置いた。

「まあ、いいか。遊びの碁で勝敗などどうでもいい。そんなことよりも香蘭が診療所に顔を出したら、褒め称えてやるのだぞ」

「……いやだね。弄《いじ》り倒《たお》す」

「まったく、意地の悪い師だ。三行半《みくだりはん》を突き付けられるぞ」

「まぁこれで、あと少なくとも一年はこき使える。科挙は年に一度だからな」

「…………」

ため息を漏らしながら石を置く東宮。

「──しかし、おまえは幸せものだな。天下一優秀な見習い医をこき使えるのだから」

「あいつが天下一？　吹かしすぎだろう」

「そうでもないさ。これは歳試の答案用紙だ。三日目までだが」

東宮は持ってきた包みの中から紙束を取り出す。

「なんだ、これは」

「いいから見てみろ」

そこにあったのは香蘭の答案用紙だった。

渋る白蓮に無理やりに答案用紙を見せる東宮、最初は嫌々見る白蓮であったが、やがて真剣な表情になる。用紙をめくる手が速くなり、言葉数も少なくなる。最終的に発せられた「馬鹿な」という言葉がその答案用紙のすごさを物語っていた。

「……全問正解だ」

「そうだ。ちなみに院試も全問正解だった。歳試も三日目までは全問正解だった」

「そんな化け物存在するのか」

「自分の弟子を化け物扱いするのはどうかと思うが、いるらしい。ちなみに医道科挙を全問正解で合格したものは中原国の歴史上、ひとりもいない」

「自分の祖父や父でも成し遂げられなかったことを、あの娘は成し遂げたというのか」

「正確には歳試三日目まではな。知恵熱さえ出さなければ歴史に名を残したかもしれないというのに、残念でならない」

「そのことを本人に伝えにやってきたのか？」

「いや、その前に師に伝えようかと思って」

「ならば黙っていてくれ。聞けば慢心するかもしれん」

「そんな娘じゃないと思うが。まあいい。師弟の間に口は出さない」

東宮は快く了承すると、勝手に置き石をひとつ増やす。口止め料ということだろうが、こすいやつである。勝ちにこだわる姿勢は嫌いではないが。

ぎりぎりのハンデで打っていたので、ここで置き石が加わると勝ち目はなくなったが、投了はしなかった。最後まで打つ。もうひとつ話したいことがあるからだ。

「――そういえば頼んでおいたことだが」

「ああ、あれか。張万世とかいう男の面接記録を調べろという」

「そうだ。俺の見立て通りならば――」

「ああ、そうだ。毎回、同じ理由で落とされている」

東宮から詳細を聞くとやはり張万世は、最終面接で「蠟病」のことに触れ、落とされている。

「私には医学の心得がないのだが、蠟病とはなんなのだ？」

「そんなものはない。だから落とされるのだろう」

「この世に存在しない病気なのか？」

「ああ、人間の肌が蠟になどなるわけがない。だが、張万世は蠟の病がこの世に存在すると信じ、面接官にそれを治したいと毎回吹聴していたのだろう。困った面接官は〝意味不明瞭〟の判を押し、毎回、不合格にしていた」

ちなみに張万世は今回も院試で落ちたが、院試の筆記試験は満点だったそうな。香蘭を含め、三人しか満点者はいなかったという。

「――やはり精神に異常をきたしていたか」

白蓮はそう纏めるが、それだけでは終わらせなかった。東宮に頼み、張万世の家を捜索させ、彼を保護するように頼んだ。

「捜索？　なにか事件性があるのか」

「ない。だが、〝それ〟をそのままにしておけば張万世は永遠に科挙に合格しまい」

「ふむ、よく分からないが、部下に命じておこう。しかし、保護とは？」

「国の癲狂院《てんきょういん》があるだろう。そこに入れてやれ」

「精神を病んでいるのか？　しかし、院試で満点を取る男だぞ」

「だからこそ救ってやりたいのだ」

白蓮はそのように呟くと、核心に触れた。

「やつが主張する蠟病とは――おそらく、屍蠟《しろう》のことだ。やつの家の開かずの間には屍蠟となった奥方が眠っているはず」

「屍蠟？」

「屍蠟とは死体がなんらかの理由によって腐敗菌を帯びなかったもののことを指す。腐敗しなかった死体は石鹼やチーズのようになり、鹼化《けんか》する。木乃伊《ミイラ》とは異なり、とても美しい状態を保つこともある」

「――つまり、張万世は何十年もの間、死体と暮らしているということか」

「ああ、本人にその自覚はないようだがね。ただ眠り、なにも話さなくなったと思っているだけだ。いや、もしかすると当人たちの間では会話が成立しているのかもしれないが」

「──哀れな」

「ああ、だから俺たちが終止符を打つ」

「あるいは死体を取り上げることにより、真の崩壊を迎えるかもしれないぞ」

「可能性は大いにある。しかし、このままでは張万世は前に進めない。それに香蘭も」

「たしかにあの娘がこのことを知れば〝また〟知恵熱が出るくらい悩むだろうな」

「そういうことだ。だからこの件も──」

「──分かっているさ。内密にする」

阿吽《あうん》の呼吸でそのような取り決めをすると、囲碁を終える。

東宮はそのまま御所に帰ると、白蓮との約束通りに指示をする。検非府《けびふ》の役人たちが張万世の家に調査に赴くと、白蓮の見立て通り、開かずの間に死体があった。張万世の妻は今し方死んだかのような美しさを保っていたという。彼の家はとても汚れていたが、彼の妻が眠る部屋だけは塵《ちり》ひとつ落ちていない清潔さを保っていたとのことだった。

張万世は激しく抵抗したようだが、捕縛され、瘋狂院に送られた。そこで治療を受けることになる。いつ戻ってこられるだろうか、あるいは永遠に──。

東宮はそう憂慮したが、約束通り、生涯、そのことを香蘭には話さなかった。

健康を取り戻した香蘭はすぐに白蓮診療所に顔を出し、手伝いを再開する。

自分が熱を出しても患者がいなくなるわけではない、とのことであった。

その後、一ヶ月間、ほとんど休むことなく、診療所の仕事を続ける香蘭。

「くそ真面目な娘だ。いったい、なにを楽しみに生きているのやら」

呆れる白蓮であったが、それ以上皮肉は言わず、いつもの日常が繰り広げられる。

急患の治療をし、患者の診察をする。お昼ご飯を食べて、入院患者の面倒を見る。

いつもと変わらぬ時間が流れる診療所で、香蘭はある日、師にこう言った。

「わたしにも楽しみくらいあるのですよ。それは友人たちと共に勉強することです。ひとりでガリ勉ばかりしていた白蓮殿には分からないでしょうが」

ただ、最近、張万世殿が不在で、三人で集まる機会が減ってしまって、と嘆く。

その言葉を聞いた白蓮は表情を変えず、

「そのうちひょっこり戻ってくるさ、そういう輩だろう、その男は」

と言った。

香蘭は少し考えると、何かを思い出したように、

「そうですね。そういう御仁です、万世殿は」

と笑った。

十章　星の雲を知る人

北方の騎馬民族の侵略に苦しめられている中原国にあって、唯一、それに対抗し得る英傑がいた。

その名は、霍星雲《かくせいうん》。

中原国櫓州蕩案県《ほうあんけん》の人。齢《よわい》六〇を超える老人であるが、朝廷より征北《せいほく》将軍の位を賜り、北方防衛の要の人物となっていた。

霍星雲は軍籍に入って以来、鬼神のような働きをし、功績を重ね、中原国のために命を捧《ささ》げてきた。中原国の軟弱な兵を率いて北胡相手に勝利を勝ち取ってきたのだ。

言葉にすると安易であるが、それは難事業であった。

中原国の兵卒は世間が想像するよりも弱く、北胡の兵は世間の想像よりも強いからだ。

ただ、霍星雲はその差を知力で補った。

弱卒である中原国の兵隊で、精強な北胡の軍隊と渡り合うのは無理だと知悉《ちしつ》しており、霍星雲は強固な防衛線を敷くことにより、北胡に対抗したのだ。

敵の陣地に深く入ることなく、逆に手前に塹壕《ざんごう》を掘り、そこに兵を潜ませ、敵を誘導する。そして必ず二対一で北胡の兵に当たるように厳命し、槍《やり》ではなく弓を用いることで白兵戦を出来るだけ避けさせた。

旧来の将軍いわく、消極的すぎる、栄誉ある中原国の軍隊の戦法ではない、とそしられたが、ここ数十年、その〝栄誉〟ある戦法によって大敗を喫してきたのだ。猫は引っ掻く、犬は嚙む、蜂は刺す。弱者には弱者の戦い方がある、それが霍星雲の主張であった。

南都の高官や他の将軍たちは苦々しく思ったようだが、霍星雲は実績を挙げることによって周囲を黙らせた。

十人長《じゆうにんちよう》から始まった彼の軍歴であるが、百人長《ひやくにんちよう》、偏《へん》将軍、安国《あんこく》将軍、威遠《いとお》将軍、虎《こ》牙《が》将軍、――そして征北将軍と順調に出世を重ねた。名士階級出身ではないことを考えると異例の出世であるが、本人はそれを自慢する様子もなく、今日も指揮を執る。

赤河の北にある西皮《せいひ》という都市を包囲する。

ここは北方の要所である。北都《ほくと》に向かうには必ず通らなければいけない都市であり、大昔から栄えていた。仮にここを陥落することが出来れば、北都奪還に弾みがつく。

部下も「数十年ぶりに故地を踏めるかもしれませんね」と呟いたが、霍星雲は懐疑的であった。部下は疑問を呈す。

「なぜです。赤河を渡ってからの我が軍は優勢です。北胡の兵を三度退け、二度壊滅させました。落とした城は数十余、このままの勢いで行けば北胡どもを打ち払えましょうぞ」

「なるほど、たしかに我らは成果を挙げた。近年にない大勝だ」

「はい。それもこれも霍将軍の采配と人徳のおかげです」

「いや、わしの力など微々たるもの。部下の力に救われている。我が手勢は中原国の中でも精鋭中の精鋭、勇敢な命知らずばかり。他の弱卒を率いていたら、このような結果は得られなかった」

「たしかに直属軍である霍家が作られた直後は目も当てられませんでした」

当時の様子を思い出す。父親のものと思われる大きな兜《かぶと》を被《かぶ》った少年兵、逆に腰が曲がり満足に槍が持てない老兵、霍星雲が組織した霍家は設立当初、目も当てられぬ弱兵の集まりだった。それを中原国随一の最強軍団へと変貌させたのは、霍星雲の手腕に拠るところが大きいのだが、この老将軍はそのことを鼻に掛けることはない。それどころかことあるごとに霍家の精兵が中央に引き抜かれても文句ひとつ言わなかった。

彼の人となりを知る人々は霍星雲のことを気骨の人と尊敬しているが、中央の腐敗した高官どもから見れば体のいい〝番犬〟でしかないようだ。

霍星雲の腹心たちはそれを残念に思い、現状を変えたいと気を伺っていたが、当の霍星雲本人にその気が無いのだから困る。

「軍人は政治について口を挟まない。ただただ皇帝陛下のため、戦うのみ」

いいように扱われても気にするそぶりも見せなかった。

ただ、その実直な姿勢を支持するものもいた。心ある憂国の士以外にも支援者はいるのだ。そのものの名は劉宗《りゅうそう》、この国の皇帝だ。風流皇帝と呼ばれる彼は謹厳実直な霍星雲をいたく気に入っており、都に帰還するたびにねぎらいの宴《うたげ》を開いた。それだけでなく、みずから得意の鼓を披露したり、手を取って感謝の念を示したりする。そのたびに霍星雲は随喜の涙を流し、この国に命を捧げる覚悟を新たにした。

このように霍星雲は実力の人であり、人望の人であった。腐敗にまみれた中原国にあって唯一の希望の星とも言えたが、それでも、いや、それだからこそ中枢では嫌われるのだろう。要は霍星雲は朝廷の高官たちから疎まれていた。家柄によって高位を得た将軍たちからは特にそねまれており、このいくさでも見事に足を引っ張られた。先ほど霍星雲が自ら予言した敗因も彼らの嫉妬に起因するものであった。

部下から報告が入る。

「霍将軍、先ほど南都から送られてきた物資なのですが……」

補給担当の武官が顔を青ざめさせている。霍星雲が共に食料庫に行くと、そこには腐った玉葱《たまねぎ》と芋がうずたかく積まれていた。

それを見た腹心たちは憤怒《ふんぬ》の表情を見せる。

「我らに腐った玉葱を喰らえというのか」

怒りに任せ、腹心たちは玉葱を投げ捨てる。腐っているそれはとてつもない臭気を放っていた。

「これでは西皮を長期に包囲することは難しいな」

吐息を漏らす霍星雲。ならば、と腹心たちは代案を述べる。

「食糧が尽きる前に一気《いっき》呵成《かせい》に西皮を攻めましょう」

そのように主張するが、当然のように南都から送られてきた井闌《せいらん》や衝車《しょうしゃ》は壊れていた。皆、駆動部がいかれるように細工されていたのだ。腹心たちはそのことを知っていたが、西皮を攻め落としたい気持ちは変わらないようだ。

西皮は北都へ続く重要な中継地点であり、敵味方双方の生命線でもあった。ここを落とせという皇帝陛下の勅命を賜り、ここまで進軍してきたのだ。いわば西皮陥落は霍家の義務であった。もしも西皮を陥落できなければ南都の高官たちに絶好の口実を与えてしまう。

「霍星雲に実力なし」

と、これまでの功績を一蹴され、左遷させられることだろう。さすれば霍家は消滅してしまう。いや、それだけでなく、この国自体無くなってしまうかもしれない。そう思った腹心たちは決断をした。軍を勝手に動かすことにしたのだ。尊敬する霍星雲の承諾無く、兵を動かすのは仁義に反し、礼節を欠く。軍規に照らしても死罪であるが、それでも彼らは行動した。たとえ自分たちが死罪になっても西皮を落とせればそれでいいと思ったのだ。さすれば当面の間、南都の高官たちは霍星雲にけちをつけることは出来ないだろう。霍星雲は失脚せず、今後も中原国の支柱であり続けてくれる。そのように確信した腹心たちは義挙として兵を動かした。

霍家の精鋭二〇〇〇を動かすと、西皮に突撃する。南西の城門に全兵力を傾け、一点突破を図る。しかし敵も然《さ》るもので、そのことを予期し、巧みな反撃をする。西皮の城壁の上から放たれる石、熱した油、精鋭たちは大打撃を受けるが、それでも諦めず、西皮を攻略し続けた。ただ、それは愚行だ。西皮ほどの大都市に籠もられればどのような大軍とて意味を成さないのだ。

——ただひとりの例外を除いては。

それは霍星雲その人だった。

霍星雲が指揮を執れば西皮は難攻不落とはなり得ない。

腹心たちが勝手に軍を動かしたことを知った霍星雲は怒色を一切見せず、部下を救う道を選んだ。部下たちが攻めていた南西とは反対方向から兵を突撃させたのだ。それに腰を抜かしたのは北胡の将軍である。

「ば、馬鹿な、周辺は警戒していたのに」

と絶句する。たしかに彼らは周辺を警戒していた。騎馬民族らしく偵察を欠かさず、軍の接近を逐次把握していたが、彼らは河にまでは目を向けていなかった。

霍星雲は後方に控えさせていた補給用の艦船を使って西皮の遥《はる》か後方に軍を展開させ、そこから兵を送りだしたのだ。

そもそもこの中原国が北胡に完全侵略されていないのは赤河のおかげであった。この大河が天然の要塞となって北の騎馬民族を防いでいたのだが、この河は攻撃にも流用できることを霍星雲は証明した。霍星雲は船団を支流まで上らせ、機動的戦術を実現させたのである。

思わぬ場所から攻撃を食らった西皮の城兵たちは大混乱をきたし、開城せざるを得なくなる。こうして西皮は数十年ぶりに中原国の手に戻ったが、その偉業を達成した霍星雲の顔色はよくなかった。

やはり自分たちが勝手をしてしまったことを怒っているのだろうか。腹心たちは霍星雲に土下座をし、謝罪するが、霍星雲は笑ってそのことを許した。

「おまえたちの忠誠心の厚さはこの霍星雲が誰よりも知っている。この老骨のために命を捧げてくれて、本当に有り難い」

あるいはこの鬼謀の主ならば、部下たちの勝手な振る舞いすら戦略の内だったのでは、と思ってしまう。

「おぬしたちの忠節によって西皮を得たが、ただそれによってわしは北都を攻略せねばならなくなった」

「武人の本懐ではありませんか」

そのように部下は思ったが、口にはしない。霍星雲の表情に影があったからだ。

「現状の兵力では北都は落とせない。我が軍と北胡はしばしばにらみ合うことになるだろう」

予言めいた口調で吐息を漏らす霍星雲。

「そしてその膠着《こうちゃく》は南都の高官たちの猜疑心《さいぎしん》と嫉妬を刺激する。霍星雲が北都を落とさないのは叛意《はんい》があるからだ、と皇帝陛下に告げ口するだろう」

「………」

「あるいは北都を攻略しそうになれば貴族どもが騒ぐ。皇帝が北へ帰ってしまえば彼らの権力が低下する恐れがある」

現在、権力を握っているのは北方から亡命してきた貴族たちだ。彼らは南方を仮住まいと定めているが、実は北方に戻りたくないのである。北方貴族は南方の貴族よりも税制面で優遇されていた。それは亡命政権という大義名分があるから許されているのだ。

その他、単純に南方のたいした家柄ではない生まれの霍星雲が手柄を上げるのを快く思わないものもいるだろう。事実、西皮を落としてから腐った玉葱すら送られなくなってきた。さらに北都と南都の間を何度も使者が往来しているとの情報も入っていた。

「持って二ヶ月というところか」

西皮の政務所に入った霍星雲はそのような予言を口にするが、それはぴたりと当たった。二ヶ月後、南都から後任の将軍がやってきて、

「霍星雲から征北将軍の位を剝奪する」

と言い放ったのだ。後任の将軍は、南都から連れてきた手勢に霍星雲を捕縛させた。

無論、腹心たちは激高したが、霍星雲は彼らをなだめた。

「わしは軍功を立てすぎた。征北将軍は三品官《さんぴんかん》だ。仮に北都を奪還すれば大将軍にせざるを得ない。さすれば困るものも出てくる」

そのような論法で諭すが、部下たちは納得しなかった。だが、それでも霍星雲は、

「いいか、わしの忠臣を自認するものは絶対、朝廷に逆らうでない。このわしを朝敵にするものはわしの部下ではない」

と重ねて言い聞かせると、望んで南都に送還された。

その後、西皮は北胡に返還され、短期的ではあるが平和条約が締結された。おそらくではあるが、その平和条約の取り決めには西皮の返還と霍星雲の進退が記載されていたに違いなかった。

†

その日、白蓮は「バカンスという言葉を知っているかね」と香蘭に尋ねた。香蘭はぽわんと口を半開きにしながら、馬と鹿と酢の漢字を思い浮かべるが、今のおまえの間抜けな顔が馬鹿の語源ではないか、と意地悪なことを言われる。

「むう、失敬な――バカンスとはなんなのです」

軽く憤慨しながら尋ねると、白蓮は颯爽《さつそう》と説明をしてくれた。

「バカンスとは、人類が生み出した至高の文化、仕事で疲れた身体を労《いたわ》る究極のリラクゼーションだ」

「また知らない単語が増えた」

「リラクゼーションは癒やしのことだ」

「癒やしならば毎日享受しているではないですか」

食堂にある老酒《ラオチユウ》の瓶《かめ》と干し豚を見る。最高級の酒に最高級の食材、それらを毎日のように享受するのは癒やしではないのだろうか。

「残念ながら癒やしじゃないね。憩いかな」

香蘭には癒やしと憩いの違いが分からないが、師匠が悪巧みをしていることには気がついていた。

「白蓮殿、もしかしてあなたは長期間にわたって休養したいのではありませんか」

「なんだ、香蘭、おまえは馬鹿の語源じゃなかったのか」

「……長期に休暇を取るおつもりですね」

「その通りだ、分かっているじゃないか」

にやりと笑う白蓮。はあ、と、ため息を漏らす香蘭。

師匠の表情を見た香蘭は、そのまま陸晋と相談を始める。白蓮がいない間の仕事分担や患者への対応を相談するのだ。

「なんだ、やけに諦めが早いな」

「にやけた笑みを漏らしている白蓮殿の気持ちを変えることなど不可能だと分かっていますから」

「まるで古女房のような理解力だ」

「どうも」

ジト目で見つめたあとに、妥協点を述べる。

「五日です。五日だけ差し上げます」

手のひらを開き、白蓮の目の前に突き出す。

「なんと、そんなにくれるのか」

「はい。幸いにも現在、急患や重病人の患者さんはいません。それに先日の医道科挙の一件で陽診療所と夏侯門診療所との連携が思いのほか上手くいって、今後も相互に医者の応援が可能になったのです」

「ほう、俺の知らない間に」

「陸晋の手柄です」

当の陸晋はそれを誇ることなく、いつものように微笑んでいる。

「つまりよほどの大事以外、対処できるはずです」

そのように宣言すると香蘭は白蓮の休暇を許可する。

陸晋が笑っているのはどちらが診療所の主か分からないからだろう。まるで古女房の尻に敷かれる御隠居だ、と小声で呟いた。

香蘭の許可を得た白蓮はさっさと手荷物を持って出て行く。よほどやりたいことがたくさんあるのだろう。夏に虫かごを持って林を駆け回る少年のように見えた。

「まったく、男は何歳になってもこれだ」

そのようにため息を漏らすと、陸晋がくすくすと笑う。

「古女房は禁止。わたしでも気を悪くすることがある」

と窘《たしな》めるが、「では新婚夫婦と言い換えましょう」と言った。あるいは「結婚前夜、男夫婦」でもいいらしい。なんでも白蓮の世界の「メリケン」という国では結婚前夜、男は独身最後の自由を謳歌《おうか》するらしく、白蓮の今回の休暇はそれにとても似ているのだそうな。

「陸晋の見立ては間違っている。わたしは白蓮殿の妻になる気はない」

「けなげに健康を気遣っているようですが」

「ガス抜きをさせているだけさ。帰ってきたら二倍働いてもらう」

「そうでしょうか。思いやりに満ちていますよ」

「……そういう側面もないわけじゃない」

白蓮は日々、贅沢《ぜいたく》を欠かさないが、それが許されるほど働いている。香蘭は毎朝、鶏が鳴く頃に診療所に出勤するのだが、白蓮が寝所に釘付《くぎづ》けになっていたことは一度もない。昼飯は優雅に取るし、おやつも食べるが、日が暮れても診療を続ける。香蘭が帰ったあとは妓楼に行くようだが、酒を二、三杯飲むだけで帰ると、深夜、日付が変わっても仕事をしている。

その勤勉さは香蘭の父を上回るものだったし、香蘭などとは比べるまでもない。

まったく、どこからあの情熱が湧いているのだろう。一度頭蓋骨に穴を開け、あの情熱の源泉を確認したかったが、今はそれよりも白蓮の身体を労りたかった。

自分でもなんと師匠思いの娘なのだろうか、と思うが、声高には喧伝せず、行動によって示す。診療所の入院患者たちの診察に向かう。

白衣を着た香蘭が回診していると、

「今日は旦那様は一緒じゃないのかい？」

「もう新婚気分は終わって倦怠期《けんたいき》かい？」

「浮気は最初が肝要だよ。ビシッと言わないと癖になる」

などという言葉を貰った。ここでもか、と嘆くが、反論すると余計に囃《はや》し立《た》てられるので、ため息を漏らすだけに止《とど》め、厳しく彼らに接する。

「余計なことを言う患者には、痛い注射を打ちます」

無表情に注射の先から生理食塩水を飛ばすと、以後、彼らは囃し立てなかった。

その後は従順に診察させてくれる。元々、彼らは優秀だがぶっきらぼうな白蓮よりも、心優しく繊細な香蘭を好いており、命に関わらない処置ならば香蘭に託したいというものが多いようだ。

「さすがは香蘭さん、これならば先生がいなくてもなんとかなりそうだ」

香蘭の回診風景を見て陸晋はそのような賞賛の言葉をくれる。

香蘭が診察にあたるので入院患者の世話は陸晋の負担となるが、そこは心得たものでテキパキとこなしてくれる。

「香蘭さんがくる前は僕がひとりでやっていたんですよ」

とのことだが、この規模の入院棟の患者の世話をひとりでこなすなど、控えめに言っても化け物であった。超有能とも言えるが、労働環境という側面から見れば非人道的である。

（……白蓮殿の次は陸晋だな）

次の長期休暇の構想を練る香蘭、陸晋ほど有能な人材の穴を埋めるには実家である陽家から三人ほど使用人を連れてこなければならない。父には呆れられるだろうが、香蘭は陸晋少年の福利厚生のため、必ず実現させると心に誓った。

白蓮がいなくても診療所は滞りなく運営されると思われたが、それも二日目までだった。二日後、想定していなかった事態が訪れる。それは医療とは関係がない。治療困難な患者が運び込まれたわけでも、入院患者の容体が悪化したわけでもなかった。

香蘭の知己である老人が診療所にやってきたのだ。

老人の形をした騒動《トラブル》は、その立派な口髭《くちひげ》とあご髭の間から「至急」という言葉を発した。

香蘭の宮廷内での上司である岳配《がくはい》が真剣な表情で香蘭を見つめ、一刻も早く白蓮殿と面会したい、と申し入れてきたのだ。

岳配老人は生真面目な上、無駄を嫌う性格。無骨で合理的な老人で、意味もなく狼狽《ろうばい》することはない。そんな老人が焦りの色を見せている。つまり、よほど火急の用事なのだろう。

あるいは国事に関わることかもしれない。そう察した香蘭は陸晋に白蓮の休暇は終わりだと告げる。

陸晋は香蘭のことを全面的に信頼してくれていたので同意してくれるが、困ったような顔をした。

「尊敬する先生の休暇を邪魔するのは気が引けるかな?」

「それもありますが、問題があって――」

どのような問題が、と問う前に、陸晋は忌憚《きたん》なく教えてくれる。

「先生は僕にさえ行き先を教えず旅立ちました。本気で休暇を楽しむつもりのようです」

「それを遮るのは弟子としての不義だが、それよりも問題なのは――」

「そうです。問題はどうやって見つけるか。骨の折れる作業になりそうです」

ため息を漏らす陸晋。当然か。この南都は広い。人口は一〇〇万を超え、その規模は世界有数だった。さらに言えば今回の失《う》せもの探しは南都で収まらない可能性がある。白蓮はかつて〝バックパッカー〟をしていたという。南都どころか国中に捜索範囲を広げなければいけないかもしれない。香蘭と陸晋は捜索の困難を嘆くが、それでも諦めるつもりはなかった。

応接室の椅子に座る岳配老人。彼の瞳は真剣であったし、裂帛《れっぱく》の気迫を纏っていた。よほど大事な話があるのだろう。彼は香蘭の直接の上司であり、恩人でもある。何度も知恵を借り、直接的にも間接的にも助けて貰ってきた。そんな彼が助けを求めているのだ。なんとか助力したいというのが香蘭の気持ちだった。

香蘭は夏侯門診療所に向かうと彼らに頭を下げ、白蓮診療所の留守を託す。香蘭と陸晋がいない間、入院患者の面倒を見てもらうのだ。やってきた急患には悪いが、夏侯門診療所に行って貰うよう貼り紙をしておく。

岳配は「空き巣」の心配をするが、その心配は無用だった。白蓮は貧民街の名医、多くのものを治療してきたので人望が厚かった。また、夜王《やおう》と呼ばれるこの辺の顔役の侠客とも馴染《なじ》みだったので、好んで空き巣に入るものはいなかった。

自慢げにそう説明すると、「見つけたらすぐに東宮御所に連れて行きます」と伝え、香蘭は陸晋とふたり、白蓮捜索の旅に出掛けた。

†

正午の太陽が眩《まぶ》しい。

この時間、いつもは診療所で働いているから、このようにまともに太陽を浴びるのは久方ぶりのことであった。

「──太陽がいっぱいだ」

燦々《さんさん》と照りつける太陽を見上げる。

幼い頃、父に「太陽を浴びないともやしになってしまうぞ」と叱られたことを思い出す。有り触れた警句であるが、この文句は白蓮の世界でも通用するらしく、「青瓢箪」の叱り方は万国共通だ、と笑われたことがある。

あのときの師の顔を思い出すとむっときてしまうが、今、香蘭がしなければいけないのはその意地悪な師を探すことだった。

ただ、香蘭には行き先の心当たりがないので、陸晋に尋ねる。

「陸晋、白蓮殿はどこにいると思う？」

香蘭の問いに陸晋は沈黙する。生真面目な彼は適当な答えはしない。理路整然と可能性のある場所を脳内で検索する。

一分ほど思考を深めると陸晋は言った。

「南都の外にいる可能性がありますが、それでしたらお終《しま》いです。捕捉不可能だ。だから南都にいることが前提となりますが、よろしいですか？」

「もちろんだとも。闇雲に探すよりも白蓮殿を知悉している陸晋の知恵に賭けたい」

ありがとうございます、と自分を信頼してくれる香蘭に礼を述べた陸晋は、にこりと微笑み、第一候補を口にする。

「可能性が高いのは妓楼です。馴染みの娼妓の膝枕で昼寝をしている可能性が一番高い」

「有り得そうだ」

「飲み屋街にもいそうです。昼間から飲んでいる可能性も否定できません」

「それも有り得そうだ」

「碁会所を荒らしていることも考えられますね。賭け囲碁に興じているかも」

「それも姿が思い浮かぶ」

「正直、どの可能性も否定できません。先生は気まぐれな方ですから」

「つまり、近い場所から順番に当たれ、ということかな」

「その通り」

阿吽の呼吸で白蓮捕縛作戦の概要が決まると、香蘭たちは一番手近な碁会所に向かった。

碁会所とは囲碁好きたちが集まる場所のことである。囲碁の道具と対戦相手を提供してくれる店で、囲碁好きたちの憩いの場だ。

白蓮はここの常連で暇を見つけては囲碁を打ちに来るという。店で一番強いとのことだが、そのことを知らぬ新参者を見つけては賭け囲碁を申し込み、金を巻き上げるのが趣味だという。

「我が師ながら悪徳だ」

と思ってしまうが、一応言い分はあるらしく、陸晋が代弁する。

「神聖な囲碁で賭け事をするな、という教訓を与えてやっているのだそうです」

「自分で賭け事をしておいてなんという言い草」

「一応、それで勝った金で恵まれぬ子供たちに碁盤を買ってあげているそうです」

盗人《ぬすびと》にも三分の理、という言葉と、盗人猛々《ぬすっとたけだけ》しいという言葉を同時に思い出すが、賭けは応じるほうも悪いのだ、と自分を納得させると、碁会所の客に白蓮の居場所を尋ねる。

白蓮の名を出したときの客の反応は二通りに分かれる。

「けっ、あの白蓮の連れか」

「げっ、あの白蓮の連れか」

だ。

「……先生はこの碁会所ではとても嫌われているようですね」

肩を落とす陸晋であるが、香蘭は容赦なく、

「この碁会所〝でも〟の間違いだろう」

と訂正する。白蓮のことを歓迎する碁会所があるとは到底思えないからだ。その考察

に陸晋は苦笑いを浮かべるが、それでも碁会所の奥にいた数少ない白蓮の碁打ち仲間を見つけると、彼に尋ねた。

「王《おう》さん、先生の姿を見かけませんでしたか？」

「よう、陸晋、相変わらず美童だねえ。白蓮先生かい？　先生なら朝一番に一局指していったよ」

「本当ですか!?」

「ああ、本当だよ。まあ、打ったのは俺じゃないが。なんとか坊の弟子とかいう態度のでかい一見《いちげん》の客と喧嘩していた」

「まったく、喧嘩しか出来ないのか、あの人は」

吐息を漏らす香蘭。

「まあ、そう言いなさんなって。そいつは、俺は中原国一の棋士の弟子だ、昼間からこのようなところで遊びで碁を打っている落伍者《らくごしゃ》とは違う、と息巻いていてな。先生が勝負を挑んで散々に負かしたんだ。常連客は胸がすっとしたよ」

「へえ、それはすごいかも」

「最後に、こいつらを落伍者と言っていいのは俺だけだ！　と啖呵《たんか》を切ってくれた」

「……前言撤回」

そんなだから嫌われるのだ、と心の中で付け加えると、白蓮のその後の足取りを尋ねた。

「その後ねえ。うーん、なんて言ってたかなあ……」

王氏は昼間から碁会所に出入りするような人物、酒もしこたま飲んでおり、記憶力に自信がないようだ。思い出すのにしばし時を要すが、最終的には思い出してくれた。

「あー、思い出した。そいつから巻き上げた金で一杯引っかけてくるって言ってたな」

「賭け事で得た金は慈善事業に使うんじゃないのか……」

陸晋をじっと見つめるが、たまには羽目を外したいのでしょう、と師を弁護する。まったく、陸晋は白蓮に甘すぎる。今はそのような言い争いをしている暇はなかったので、ふたりで飲み屋街に向かう。

白蓮の行きつけの飲み屋は、宮廷へと続く大路からふたつほど小路を入った場所にある。役所の前にあり、官吏たち相手に手堅い商売をしている酒家が集まっている。ゆえにこの時間は閉じている店が多かったが、それでも何軒か開いており酔客が盃を傾けている。

「……まったく、大の大人が真っ昼間から」

と思うが、その感想を是とするかのように香蘭に声を掛けてくる酔っ払い。

「おお、可愛い嬢ちゃんだ。おれの酌をしてくれ」

と手を引っ張るが、陸晋が即座に救ってくれる。

「この方は酌婦ではありません」

と酔っ払いの腕をひょいとひねってくれたのだ。「あいでで」と顔を歪める酔客だが、陸晋に嗜虐心《しぎゃくしん》はない、即座に手を離す。ただ初っぱなのこれで他の酔客たちも香蘭に絡んでもろくなことにはならないと察してくれたようで、以後、余計な騒動は起きなかった。有り難いことである。

「しかし陸晋は顔に似合わず武芸の達人なんだな」

「そんなことはありません」

「なにを言う。一緒に働くようになって以来、数え切れないほど助けて貰った」

「香蘭さんは数え切れないほどいざこざに巻き込まれましたしね」

くすくすと笑う陸晋。

「騒動と言ってくれ。いざこざだとわたしが悪く聞こえる」

「なるほど、でも、天性の騒動体質かも」

「かもしれない」

軽く周囲を見渡すと飲み屋街には女性の客もいた。そんな中、香蘭だけが騒動に巻き込まれるのは陸晋の言うように体質のような気もする。

「まあ、そのような天命なのでしょう。毎回、助けが入りますし、人徳があると言い換えてもいい」

「ありがとう」

と香蘭が礼を言うと、ふたり、白蓮の捜索を続ける。せっかくなので先ほど腕をひねった酔客に尋ねると、彼は礼儀正しく応対してくれた。

「ひぃ、なんでも言うのでご勘弁を」

顔を青ざめさせ、そのような台詞を漏らすが、協力的なのは助かる。ただ、この酔客は白蓮の存在自体を知らないようだ。酔客は海鮮市場に勤める商人で、いつも午前中に飲みに来るのだそうな。

「基本、夕方から飲みに来る白蓮殿とは時間帯が合わないのか」

ならば知らないのも無理はない。そこで、今度は知っていそうな人物がいないか尋ねる。

「ああ、ならば蟒蛇老《うわばみろう》に尋ねるといい」

「蟒蛇老？」

「うわばみのように酒を飲むじじいのことだ。商家のご隠居で、朝から晩まで飲んでいる。どんなに酒を飲んでも酔わないじじいなんだ」

「まさしくうわばみだ」

うわばみとは大酒飲みの大蛇の妖怪を指す。東夷には七つも又があるうわばみがおり、大樽《おおだる》に入った酒を三一杯も飲み干したという伝承がある。

「一日中いるから白蓮殿の顔も知っているというわけか」

「ああ」

それは助かる、と男に礼を言い、蟒蛇老を探した。

彼はすぐに見つかった。三軒隣の店先で酔った龍のように酒臭い息を吐いている老人、それが蟒蛇老だった。真っ昼間からあおるように酒を飲んでいるが少しも赤くならない。よほど酒に強い上に己を恥じる気持ちもないのだろう。白蓮以上の駄目人間であるが、ゆえに気脈を通じている可能性もある。そのような論法で話し掛けるが、それは的を射ていた。

「白蓮じゃとぉ、なんだ、あの痴《し》れものの知り合いか」

酒気と共にそのように大口を開くと、香蘭をじろりと観察する。

「――嫁、のわけはないか。あのものに妻などいようはずがない」

それには同意である。

「似てもいないから親類でもないな」

「その通りです。わたしは陽香蘭、白蓮殿の弟子です」

礼節に則《のっと》って挨拶すると、蟒蛇老は目を見開く。

「ああ、おまえが件の胸なしか！」

「むう……」

よそ様に香蘭をどのように紹介しているか、一発で理解できた。今さら腹は立たないが、もしも白蓮を手術する機会があったら、麻酔なしでやってやると心の中で誓う。

「まあいいです。蟒蛇老、白蓮殿の居場所を知りませんか？」

「おれとやつは飲み仲間だ。その絆《きずな》に女子供が入り込む余地はないと思っている」

「つまり知ってはいるが、仲間は売らない、と」

「そういうことだ。やつの居場所は教えてやれないね」

「そこをなんとかお願い出来ませんか。火急の用なのです」

「どんな用件だ？」

「おそらくは国難に関わること」

「ならば余計に教えられないね。やつは俗世に嫌気が差している。ましてや国のために休暇を邪魔されたくなかろう」

「酔っ払いの割には正論だ。白蓮殿のことをよく理解していらっしゃる」

「かぁー、話に聞いたとおりの小賢しい娘じゃ。絶対に教えてやらん」

老人は意固地になり、酒をあおる。交渉方法を間違えた、とは思わない。この老人は仲間意識が強く、頑固だ。どのような切り口で攻めても結果は変わらなかっただろう。

（……正攻法では駄目だな。ここは〝白蓮風〟に行かねば）

そう思った香蘭は彼の横にちょこんと座る。

「なんだ、胸なし、色気でおれをたぶらかすつもりか」

「まさか、胸がないのですから、色気は通用しますまい」

「分かっているじゃないか」

「なので胆力で勝負です」

「胆力だと？」

「ええ、あなたは白蓮殿の飲み仲間なのでしょう。ならばわたしも飲み仲間にして貰うまで。〝同じ仲間〟なら仲間の居場所を教えても問題ないはず」

「ほう、しかしおれはここらで一番の酒豪だぞ。朝から晩まで飲んでいても酔わない。おれと飲めばすぐに酔い潰れる」

「人を見かけで判断しないで頂きたい。そうですね、そこに瓶がふたつほどありますね」

厨房《ちゅうぼう》に転がっている瓶をふたつ、指さす。

「あるな。酒が詰まっている」

「あれをふたつ、空にします。さすればわたしも酒豪。仲間と認めて貰えますよね」

「なんだと⁉　瓶をふたつだと」

蟒蛇老はうさんくさげに香蘭と瓶を交互に見つめるが、最終的には提案に乗ってくれた。たとえ香蘭が成功したところで痛くも痒くもないからだろう。

「ふん、まあいい。やってみろ」

言質を取った香蘭は嬉々として酒家の親父《おやじ》に許可を求める。金を払ったのでなんの問題もなく瓶を買い占めるが、陸晋少年が止めに入る。

「いけません香蘭さん、急性アルコール中毒になってしまいますよ」

「心配いらないさ。黄翼殿のおかげで酒の味を覚えた。今では父の晩酌に付き合うこともあるくらいだ」

「しかし、二瓶なんて……」

「なあに、問題ない。一つ目の瓶の封は開いている。つまり、すでに他の客にある程度振る舞ったあとということだ。店の洗い場を見ればおおよその残量が分かる」

昼だというのに洗い物がそれなりにあった。酒椀《しゅわん》の数からすると、三分の二くらいは消費されているだろうか。

「つまり、実質、三分の一飲めばいいだけだ」

「二つ目は封も開いてませんよ」

「それは陸晋がなんとかする」

「僕は下戸です」

声を落として香蘭は告げる。

「未成年を戦力にはしない。ただ、詐術の手伝いはしてもらう」

「……もしかして、瓶をすり替えさせるつもりですか？」

「そういうこと」

悪びれずに言ったためか、陸晋は肩を落とし、吐息を漏らす。

「……はあ、まったく、香蘭さんという人は」

「小賢しいかな？」

「いえ、才子ですよ。普通、こんなにすぐに小細工は思い浮かびません」

たしかにあなたは先生の弟子だ、と続くがその評価は香蘭にとっては不本意であった。

「分かりました。ある意味、先生の薫陶が行き届いているとも言います」

「有り難い。陸晋も同じ穴の狢《むじな》ということかな」

逆に陸晋は白蓮の影響を指摘されると嬉しいようで、快く謀《はかりごと》に協力してくれた。

そのような悪巧みが行われているとは露知らずに蟒蛇老は「早く始めろ」と客席から大声を張り上げる。言われなくてもすぐに始めますよ、と酒の入っているほうの瓶を持って席に戻る香蘭。

「さあ、始めましょうか」

最初の瓶を本物にしたのは、酒に精通している蟒蛇老を騙《だま》すため。彼自身、いくら酒を飲んでも赤くならないが、普通の人間はどんなに酒が強くても顔ぐらいは赤くなるもの。それに隣で飲んでいれば酒気の有無でばれる。

ただ、ある程度飲めば相手がどんなに酒に慣れ親しんでいてもばれることはない。妓楼などでは下戸の女が客に酒を勧められた際、水を飲むことがある。濁り酒はともかく、清酒は見た目は水と変わらない。いくらでも誤魔化しようがあった。

堂々と悪びれずに飲めば、相手が不審に思うことはないはずだ。そのような計算のもと、勝負を始める。

香蘭の目論見はぴたりと当たる。一瓶目で顔を赤くし、酒気を纏わせた以上、蟒蛇老が二瓶目を疑うことはなかった。堅物である香蘭だが、意外と演技は上手いのだ。

（……ふふふ、二度も天子様の前で舞を披露したくらいだしな）

お年寄りをひとり騙すことくらい、容易《たやす》いものである。

心の中でそのように呟くが、その余裕は数瞬しか保《も》たなかった。途中、蟒蛇老が妙な優しさを見せ始めたからだ。

「なかなかに飲める口じゃないか。ただ、無理はいけねえな。水を持ってきてやろう、交互に飲め」

酒だけ飲み続けると酔い潰れるとのことだったが、今、そのような情けは掛けてほしくなかった。なぜならば香蘭の策によって瓶の中身が入れ替わっていたからである。

策士策に溺れる、とはこのことである。思わず陸晋と顔を見合わせてしまうが、彼は視線で「謝ってしまいましょう、もはやこれまでです」と訴えかけてきた。

（……この頭などいくらでも下げられるが、この老人を納得させないと白蓮殿の発見が遅れてしまう）

岳配が落胆する様が思い浮かんだ香蘭は逡巡《しゅんじゅん》するが、蟒蛇老は厨房に入って酒の瓶に手を伸ばす。

――もはやこれまでか、と諦め掛けたとき、異変が起こった。酒家の主人がばたりと倒れたのだ。なにごとだ？　と周囲の視線が彼に集まる。皆、心配そうに駆け寄るが、その先陣に香蘭がいた。

主人が倒れた瞬間、香蘭は策士から医者へと戻ったのである。勝負のことなど忘れ、真っ先に脈を取り、瞳孔を確認した。彼の妻だと思われるものに持病の有無を確認する。主人に持病はなかったが、一昨日から微熱が続いていたことを聞き出すと、香蘭は主人を寝室に運び、寝かしつけるように指示する。その後も適切な処置をしながら主人の治療をするが、結局、疲労に伴う風邪だと判断する。

「大事がなくてよかった」

と胸をなで下ろし、ほっと一息つくが、とあることに気がつく。

「……あ、酒飲み勝負を忘れていた」

しまった、と思った香蘭は慌てて客席に戻るが、そこにはもう蟒蛇老はいなかった。ただ、先ほどまで彼がいた場所には置き手紙があった。

『演技は下手くそじゃが、仁の道を知っている医者だ。さすがは白蓮の弟子』

文面を読み上げると、陸晋が頭をかきながら言った。

「どうやら最初からばればれだったみたいですね」

「ああ、伊達に歳は取っていない、ということか」

「それにさすがは先生の飲み仲間です。香蘭さんが仁の医師であることを見抜きました」

「有り難いことだ」

置き手紙の後半を読む。

「白蓮は光輝楼《こうきろう》という妓楼におる」

蟒蛇老の〝飲み仲間〟になった香蘭たちは急いで光輝楼に向かった。

†

光輝楼がある花街に到着する頃にはもう夕刻になっていた。花街と俗世を別《わか》つ苦界門《くがいもん》を越えると、煌《きら》びやかな光景が目の前に広がる。店先にはそれぞれ提灯《ちょうちん》が掲げられ、幻想的な雰囲気を醸し出している。一瞬、ここが欲望の街であることを忘れてしまうが、ぼんやりと見惚《みと》れている暇はなかった。光輝楼に向かう。

光輝楼は花街にある妓楼の中でも老舗《しにせ》である。白蓮の行き付けのひとつであったが、とても格式が高く、顧客の秘密を守ることには定評があった。なので白蓮に話を通してくれるどころか、逗留《とうりゅう》していることすら認めてくれないかも、と思ったが、陸晋が尋ねるとあっさり取り次いでくれた。

なんでも白蓮の供で何度かこの店を訪れたことがあり、顔を覚えて貰っていたようだ。

「陸晋も隅に置けない」

と茶化すと、

「僕は女性に指一本触れておりません」

と必死で抗弁した。それがまた可愛らしかったが、それ以上からかうよりも先に店の番頭がやってくる。白蓮が逗留している部屋に案内してくれるようだ。番頭の後ろに続き、妓楼の奥に入る。しばらく歩くと立派な扉が見える。扉の内から美しき二胡《にこ》の調べが流れてきた。

誘《いざな》われるように扉を開けると、この世のものとは思えない桃源郷が眼前に広がる。華やかで贅をこらした部屋、煌びやかな衣装を纏った美姫《びき》、彼女はしっとりと二胡を奏でている。そんな中、白蓮はごろんと横になっていた。

目を瞑り、ここではないどこか別の世界に思いをはせている師の名を呼んだ。

「白蓮殿」

白蓮は目を閉じたまま口を開く。

「香蘭か。なんだ、商売替えか？　なんなら紹介状を書いてやるぞ」

「娼妓になるつもりはありません。それよりも火急のお知らせが」

「俺は出資者《スポンサー》からのお知らせと、火急のお知らせが大嫌いなんだ。どっちも無粋なことこの上ない」

「今回は両方に該当します。岳配様は我が診療所を援助してくれていますから」

「あの老人からの呼び出しか」

「左様です。用件は直接言いたいそうです。なので東宮御所にご一緒してくださいませんか」

「厭だね──と言ったらどうする？」

「縄で縛ってでも連れて行きます」

「おまえのような青瓢箪が俺をねえ」

「陸晋がいます」

「陸晋は俺の一番弟子だ。そんなことはしないよな？」

そのように同意を求めるが、陸晋は沈黙によって香蘭に味方する旨を伝える。

「……ち、陸晋を手なずけたか。この人たらしめ」

「陸晋はことの軽重を理解しているだけです。岳配様のあの表情を見れば誰しも同じことをします」

「なるほど。まあ、陸晋がそのように思っているのならば従うしかあるまい」

白蓮は「よいしょ」と起き上がると、娼妓に「すまないな」と言った。彼女はにこりと微笑みながら、

「気にしないでくださいまし。また今度可愛がってください」

涼やかな口調で言った。白蓮はそっと彼女に口づけをするが、その動作は限りなく自然で、いやらしさはなかった。ただ、その手のことに疎い香蘭は顔を真っ赤に染める。

それに気がついた白蓮は、

「お子様だな」

と笑った。

「お子様で結構です！」

「それとも焼き餅かな。おまえにもキスをしてやろうか」

「魚などいりません！」

そのようなやりとりの末、結局、白蓮は休暇を三日ほど早く切り上げてくれた。そのことについては深く同情するが、白蓮は気にした様子も見せない。

「医者に休暇なんてあってないようなもの。向こうの世界にいたとき、一週間の長期休暇を取ったら、飛行機の中で急患と出くわし、治療を余儀なくされた上、現地に着いた

瞬間、勤め先から連絡があって即帰国を言い渡されたことがある。しかもチケット代や宿代のキャンセル料も自分持ちだ」

「非人道的な」

「おまえらはまだ人間的なほうだよ」

気を遣ってくれているのか、本気でそう思っているのかは定かではないが、白蓮のいた世界は相当黒いようだ。なるべくこの世界では善行を積んで、来世でも中原国の住人に生まれるようにしたかった。そのことを話すと「まあ、どこも生き地獄さ。早く輪廻《りんね》転生《てんしょう》の輪から抜けられることを祈ってるよ」と言った。

その後、娼妓と陸晋の手を借りてささっと身支度を整えると、馬車の手配をして貰った。太陽はすでに沈んでいるが、そのまま東宮御所に向かうことにしたのだ。

岳配は一刻も早く会いたがっていた。岳配は典型的な老人で早寝早起きであるが、たとえ就寝中でも喜んで面会してくれるだろう。その計算は寸分違わず合っていた。

†

東宮御所に入ると、そのまま岳配の執務所に向かう。岳配の屋敷は宮廷の外にあるので、ここに寝泊まりしていることが多い。寝所を設置しただけの慎ましやかな部屋が実質的な屋敷となっていたが、その合理性と質実剛健さは尊敬に値する。

時刻は亥ノ刻《いのこく》であった。案の定岳配は就寝中で、眠ったばかりのところを起こされた形になるが、気分を害することなく、香蘭たちと面会してくれた。起きたばかりだというのに髪を整え、皺《しわ》ひとつない官服で現れたのはさすがだった。ちなみに我が師は妓楼帰りなので酒と香の匂いがぷんぷん漂っていた。

「まったく……」

と呆れていると、岳配が擁護する。

「まあ、そのように言うな。男は皆、そんなものだ。わしとて若い頃は白蓮殿と大差はなかった」

「信じられない」

「わしとて生まれたときから老人ではなかったのだよ」

そのような論法で白蓮を擁護すると、彼は改まった顔で「白蓮殿に折り入って頼みがあるのだが」と切り出した。

いつもの白蓮ならば言下に、「断る」と言うところだが、彼も岳配のことは尊敬しているようで、真摯な態度を崩すことはなかった。

（誰しにもこのような態度で接すればもっと好かれるものを）

そう思うが、一瞬とはいえ真面目になっているものを茶化すのはよくないことだった。

香蘭も謹厳実直な態度で岳配の言葉に耳を傾けた。

岳配は悠然とした態度で言葉を紡ぎ出すが、冒頭から香蘭の度肝を抜く。

「白蓮殿、貴殿にはとある男を殺して貰いたいのだ」

その言葉に香蘭は絶句してしまうが、それは白蓮も同じだった。しばし言葉を失う師弟に岳配は補足する。

「正確にはとある男の手術を引き受けて貰いたい。そしてその手術に失敗して貰いたい」

「それは出来ません！」

白蓮よりも早く回答したのは香蘭だった。

「なぜだ？」

「医の道は仁だからです。どのような悪党も聖人も同様に治療する。どのような命も精一杯救う。乞食も皇帝も同じ命。我々はそう思いながら医療を施してきた。その原則に反します」

東宮御所で乞食と皇帝を同列に並べるなど、誰かの耳に入れば大変なことになるが、幸いにも誰の耳にも届かなかった。いや、仮に届いたとしても岳配の家臣たちならば騒ぎ立てることはないだろう。なぜならば彼らの主人、岳配がそのことを誰よりも理解してくれているからだ。

だから香蘭は余計に困惑した。無論、岳配は医者ではない。政治家だ。ゆえに聖人の命よりも悪党の命を重要視することもあるだろう。だが、香蘭たちにそのようなことを強いるような男ではないと思っていた。香蘭たちの志に誰よりも共感し、支援してくれていると信じていたのだ。正直、落胆した。その旨をはっきりと表明すると、岳配は一瞬、悲しげな瞳を見せた。

「……おまえたちの気持ちは知っている。どのような身分のものも、どれほどに治療困難な病気も治すのが身上だということも」

「ならばなぜ」

「さらに言えば、かつて白蓮殿が東宮様の軍師兼御典医を辞めたときも似たようなことが契機になったと記憶している」

「あれは色々積み重なってのことだ。ひとつの事柄だけで判断して辞めたわけではない」

「しかし、望まぬ医療をさせたのは事実。あのときも貴殿以外、頼れる人物はいなかった」

「だから中原国を放浪していたときも、こっちに戻ってきたときも密《ひそ》かに援助してくれたのか」

「ああ、罪滅ぼしなどとは言わない――またこのような機会があると思っていたのだろは聞いてやる」

う」

「つまり、また俺を〝利用〟したいということか」

「――有り体に言えばな。無念ではあるが」

「なんとも正直な老人だ。いいだろう。引き受けるか否かは別として、依頼内容くらいは聞いてやる」

「有り難い」

心の底から絞り出すようにその言葉を放つと、岳配は苦渋に満ちた表情で言った。

「貴殿たちは霍星雲という男を知っているか？」

白蓮は僅かに身体を動かす。知っているようだ。無論、香蘭も知っている。というか、この中原国で彼の名前を知らないものはいない。

「もちろん、知っています。霍星雲様、この国の守護神。下町の童子ですら将軍の名前を知っています」

それどころか先日も〝軍隊ごっこ〟に興じる少年たちを見た。皆、霍星雲将軍の役をやりたがり、取り合いになっていたことを思い出す。

「そうだ。まだ国民には知らされていないが、やつは先日、征北将軍の位を奪われた。西皮の地で捕縛され、南都に送還され、軟禁されている」

「な、なんですって!?」

驚愕《きょうがく》の表情を浮かべる香蘭、白蓮だけは無機質な表情をしていた。己の情報網ですでにこの情報を知っていたのか、あるいはそのような〝政争〟など珍しくもないと思っているのかは不明であるが。

しかし、香蘭はただただ驚く。

「し、信じられない。霍星雲様はこの国の希望ですよ。将軍がいなければこの国は北胡に呑《の》み込《こ》まれてしまいます」

「すでに半分呑み込まれているがな」

さらにいえば消化され、排泄《はいせつ》される段階になっている、と皮肉る白蓮。もう手遅れという意味だろうか——。

岳配も同じ意見のようだが、彼には立場があった。どのようなときも皇帝陛下に忠誠を捧げ、国家を守る決意をしていた。なので白蓮の意見にうなずくことはしなかった。

「霍星雲は英雄中の英雄だ。やつなくしてこの国を守ることは出来ない。しかし、やつがいるとこの国が成り立たないと思っている輩も多い」

「どういう意味ですか」

「そのままの意味だよ。霍星雲は軍功を挙げすぎた。ここ数年、北胡相手に勝利を収めた将軍はやつと東宮様だけ。さらにやつは数十年ぶりに北部の重要拠点を奪取し、北都に肉薄した。これがどういう意味か分かるかね」

「北都奪還が目前だった」

「その通り」

「素晴らしいことではないですか、誰しもに出来ることではない」

「そう。誰しにも出来ることではない。だからやつは妬まれ、嫉《そね》まれ、憎しみの対象となった。南都の高官や貴族たちがこぞってやつを追い落とそうとした」

「なんと馬鹿な……」

言葉を失う香蘭だが、白蓮は意外でもないさ、と補足する。

「歴史というのは同じことの繰り返しでな。国とは異民族によって支配されるか、異民族から国を守った英雄に簒奪《さんだつ》されるか、この二者択一なんだ」

白蓮は自分の住んでいた世界の中華《ちゅうか》という地域を例に挙げる。

「最初の統一王国の秦《しん》は半分異民族、その次の漢《かん》帝国は漢民族だが、異民族の侵攻に苦しめられ、次の次の王朝では異民族の支配に屈した。しばらく異民族王朝が続くと漢民族の王朝が復活したり、また異民族が攻めてきたり、異民族から国を守った将軍が国を乗っ取ったりを繰り返していた」

「異民族から国を守った将軍を粛清しないと国を乗っ取られる、ということですか」

「そうだ。英雄というものは皇帝を凌《しの》ぐ名声と武力を持っているもの。叛意を持てば一朝で皇帝を玉座から追い出せる。それどころか首を刎ねることも出来る」

「霍星雲様はそのようなことはしません！　義心に溢れた忠臣です」

「霍星雲はそうかもしれないが、歴史は違うと言っている。それに今現在、この国の歴史を紡ぐ主導権を握っている貴族や官僚たちもな。やつらは義心ではなく、〝疑心〟に溢れている」

「………」

「我々の主観や霍星雲の人となりなどどうでもいいのだよ。霍星雲はこの国を覆す力を持っている。それはこの国の権力者どもにとって耐え難い恐怖なのだ」

「異民族の軍隊よりもですか？」

「時に身内のほうが憎々しいものさ。幸せな家庭で育ったおまえには信じ難いだろうが」

　ですよね、岳配殿、と同意を求める白蓮。彼は無念そうにゆっくりと首を縦に振った。白髪交じりの髭が僅かに揺れる。

「そ、そんな……」

　激しく消沈する香蘭。宮廷に夢を見ていたわけではない。政治を理想化していたこともない。ただ、そのふたつは世界を変える力を持っていると思っていた。そこに赴き、力を尽くせばこの国はより良き方向に変わると信じていたのだ。

「まさかここまで腐敗しているなんて……」

「我が弟子には刺激が強すぎる話だったな。ここから先はさらに刺激が強くなるだろうが、退席するかね？」

その言葉は香蘭を気遣ってくれてのことだった。だが、香蘭は首を横に振る。

「いえ、大丈夫です。話の腰を折ってすみません」

「いや、気にするな。我々には常識だが、悪しき常識に染まっていると時折、それが日常になってしまう。やがてその日常が己の心を蝕《むしば》み、鏡の中に悪魔が映ることがある。それは避けたい」

心まで醜くなったものは、例外なく酷《ひど》い顔になる、ということだろう。それはたしかにそうだ。香蘭は数百人の患者を診たが、悪に染まったものは例外なく顔が歪んでいた。

岳配はそのようになりたくはない、と言うと話を続けた。

「白蓮殿にはその霍星雲の手術をしてもらいたい」

「ほう、彼は病なのか？」

「宮廷医が言うには肝臓の重い病気だそうだ。黄疸の症状がみられる」

「肝硬変——いや、進行して癌化《がんか》している可能性もあるな。正確なところは腹を開くか画像診断せねば分からないが」

「癌という病は治せるものなのかね？」

「この国では癌は死病だ」

「そう。しかし、白蓮殿にとっては違う」

「相当進行しているか、あるいは部位が最悪でなければ治す自信はある」

「宮廷の高官たちもそのことを知っている。だから近く、朝廷から勅使が来よう。霍星雲の病を治せ、と」

「朝廷は霍星雲様の命を救う気なんですね！」

香蘭の顔がパッと晴れやかになる。

しかし、岳配と白蓮の顔は晴れない。それどころか鉛を塗りたくったかのように重くなる。

岳配は吐息を漏らしながら説明する。

「宮廷の陰険な策謀家たちは霍星雲を生かす気だ。少なくとも一ヶ月は」

「どういう意味です？」

「この一月は慶賀の月だ。皇帝の誕生した月。この一ヶ月、死刑が執行されることはない」

「……つまり、高官たちは一ヶ月後に霍星雲様を処刑したい、と」

「高官どもは名誉ある病死や自刎も許さぬ構えだ。後に部下たちが霍星雲の志を継がぬように、不名誉な死刑として葬り去りたいのだろう」

「そういうことだ。だから是が非でも生かさねばならない」

「そして岳配殿は霍星雲様を殺して差し上げたい、と――」

「そうだ。わしは霍星雲を殺したい。やつを刑場に送りたくないのだ。やつはこの国のために尽くしてきた。最後は誇り高く殺してやりたい」

「だから俺に手術中に殺せということか。慶賀の期間ならば死刑宣告もされない。その間に病死と言い繕いたいのだな」

「そういうことだ」

「なかなかにいい考えだ――この白蓮が引き受けないということを除けば」

「なぜだ」

「理由は知っているだろう。俺は医者であって暗殺者ではないからだ。医者の役目は患者を生かすこと。殺すことではない」

「どの道、救っても一ヶ月後には死刑になるのだぞ」

「かもな。だがならないかもしれない。一ヶ月以内に北胡がこの国を攻め落とすかも。あるいは霍星雲を憎む一派が全員死に絶えるかも」

「どれも限りなく可能性の低い〝かも〟だ」

「その通り。だが、今さら宗旨替えは出来ないね。諦めてくれ」

「ならばせめて朝廷からの勅令は無視してくれ。この一ヶ月、どこかに身を隠してくれ」

「それも出来ないな」

「この岳配がこれほど頭を下げてもか」

「勅令を無視すれば死罪だ」

「だから身を隠してくれと申しておる」

「いや、無理だ。なぜならばすでに勅令は受けてしまった」


「な、なんだと⁉」

「なんですって⁉」


岳配と香蘭は同時に驚愕の表情を浮かべる。白蓮は懐から立派な書状を取り出す。そこには皇帝の名が書かれ、玉璽も押されていた。国の正式な命令書、これを無視したものは例外なく死罪となる。

「霍星雲に消えてもらいたい一派は俺の居場所を探すため、黒い雌狐に俺の居場所を占わせたみたいだ。あの女、失せもの探しも得意のようだ。一歩、遅かった」

黒い雌狐とは、白蓮とも因縁をもつ宮廷仙女、陰麗華《いんれいか》のことだろう。

あと半刻《はんとき》、香蘭たちが早く訪れていれば、身を隠す余裕もあったのだろうが、白蓮はすでに勅令を受け取ってしまったのだ。無論、これを破り捨て、逃亡することも出来る。

だが、その場合はこの国に身の置き場がなくなる。

白蓮は香蘭を軽く見つめる。もしも逃亡する場合はこの娘に永遠の別れを告げなければならない。

また、勅令は非人道的なことを命じるものではない。人を殺せという命令ではなく、その逆の人の命を助けろという命令だった。白蓮の心情としては岳配の申し出のほうが受け入れ難かった。

白蓮は岳配に世話になった。東宮御所にいたときもであるが、今現在もである。役人の手入れがなくなったのは彼のおかげだろう。一言たりとも恩着せがましいことを言わないが、裏で色々と手を回してくれているのは知っていた。だが、今さら医者としての道徳心を捨てることは出来なかった。

なのできっぱりと断りの言葉を伝える。

「俺は霍星雲の手術をする。用いることの出来る技術を総動員して、彼の生命を救う」

そのように宣言すると、席を立ち、背中を見せる。

苦渋の表情を浮かべる岳配と表情ひとつ変えない白蓮を交互に見つめるが、香蘭は白蓮の後ろに続くしかなかった。最後に深々と礼をすると、香蘭は白蓮に付き従い、診療所に戻った。

霍星雲が一ヶ月以内に死ぬ――。

肝の病によって病死するか、朝廷に跋扈《ばっこ》する佞臣《ねいしん》によって死刑を言い渡されるか。二者択一を迫られるのだ。

仮に白蓮の手術が成功しても慶賀の月が終われば即座に死刑になる。白蓮が手術をしなければ病気で死ぬ。どちらに転んでも霍星雲は死ぬのだ。

「この国を何度も救った英雄の最期ではない」

いたわしいと嘆くしかないが、嘆くだけで終わらないのが陽香蘭、東宮御所に参内し、東宮に訴え出る。

「東宮様、なんとか霍星雲様を救うことは出来ないのでしょうか」

「出来ない」

あっさりと言い放つ東宮。予想はしていたので落胆はしないが、理由を聞きたかった。

「知ってると思うが、俺は摂政《せっしょう》だ。この国で二番目に偉いということになっているが、偉いからといって権力を握っているわけではない」

「それは承知しておりますが、霍星雲様はこの国の宝です。いや、生命線です」

「私がそれを知らないとでも思うか？」

「……思いません」

「岳配もそれを重々承知している。その上でやつに名誉ある病死を与えようとしているのだ」

東宮は吐息を漏らす。

「それにこれは霍星雲自身の願いでもあるのだ」

「霍星雲様の？」

「そうだ。老い先短い身、死病に冒されたからには生き延びたとしてももう満足に槍は振るえまい、とみずから望んで死を受け入れようとしている」

「そんな、国家に尽くしてきたものがそのような最期を迎えるなんて……」

「国家に尽くしてきたからこそ最期までそれを突き通したいのだろう。そなたには分からないかもしれないだろうが」

「分かりたくありません！　そんな無情を受け入れなければいけないのならば未来永劫《みらいえいごう》、男になどなりたくない！」

「………」

香蘭の啖呵を頼もしげに見つめる東宮、普通ここまで激しく言われれば不快感を示すものだが、彼は度量が広かった。いや、あるいは最初から気持ちは香蘭と一緒だったのかもしれない。

「……相も変わらず一本気な娘だ」

ため息をつくと本心を覗かせる。

「実は私も国家の功臣をこのような形で失いたくはない。仮に今後、槍を振るえないにしろ、国家に忠誠心を捧げた人物が、このような形で死ねば、国のために命を捧げようというものなど現れなくなろう」

「その通りです」

「だが、霍星雲はすべてを背負った上で死にたがっている。長年の嫌がらせで心底疲れているのだろう」

「病に罹ったものは例外なく気落ちします」

「そういうことだ。岳配は私の政治的立場を慮《おもんぱか》って霍星雲の死を受け入れたが、私は岳配に悲しい思いはさせたくない」

「やはり岳配様も気持ちは一緒なのですね」

「当たり前だ。やつらは竹馬の友だぞ」

「お知り合いなのですか⁉」

「違う。朋友《ほうゆう》だ。莫逆《ばくぎゃく》の友だ」

「それなのに岳配様は霍星雲様の死を望まれた――」

「それだからこそと言い換えることも出来る」

そう言うと東宮は岳配と霍星雲の関係を語る。

「ふたりの関係は自我が生まれた頃から始まるそうだ。同郷に生まれたふたりは、幼き頃からともに野山を駆けまわっていたそうな。ふたりとも貴族とは名ばかりの貧家に生まれたそうだが、その境遇にへこたれることはなく、共に立身出世を誓ったようだ」

「まさしく竹馬の友」

「一六歳になった岳配が兵士になると遅れて霍星雲も兵士となった。貧乏とはいえ貴族だったので十人長から軍歴が始まったそうだが、当時の中原国は滅亡の危機に瀕《ひん》していてな、前線の兵となんら変わらなかったと聞く」

「………」

「ふたりは順調に武功を重ね、出世していくが、五品官《ごひんかん》相当の将軍になったとき、岐路に立たされる。大貴族出身の将軍が彼らを妬み、邪《よこしま》な策略を仕掛けてきたのだ」

「どのような策略を？」

「霍星雲と岳配が軍の物資を横流ししていると告発したのだ。無論、でっち上げだが」

「当たり前です。お二方がそのようなことをするはずがない」

「そうだ。しかし、大貴族に掛かれば五品官の将軍など芥子粒《けしつぶ》と同じ。なんとでも出来る。ゆえにふたりは非常の手段に出た」

「と言いますと？」

「どちらか一方が罪をかぶって将軍位を返上することにしたのだ」

「な、なんと⁉」

「大人しく将軍の位を返上し、あなた方の犬となるから、なんとか勘弁してくれ、ということだな」

「そのような暴挙、許されるのですか」

「許されるのが宮廷という魔窟なんだ。むしろ、宮廷ではそれが常識だった。当時、宮廷を牛耳っていた丞相一派は喜んでそれを受け入れた。よし、〝飼い犬〟が増えたぞ、と」

「……どちらが軍を去ったのですか？」

「岳配だ。岳配は軍籍を去り、この国を放浪した。一〇年におよぶ雌伏だった」

「しかし、岳配様は東宮様と戦場を闊歩していたと聞きますが」

「一〇年後、私とある街で出会ったのだ。一目でその才能に惚《ほ》れ込《こ》んだ私は東宮権限で配下に加えた。まあ、本当に色々あったよ」

「そのようないきさつがあったのですか……」

「人に歴史あり、だな」

「はい」

「まあ、細かいいきさつは省くが、しばらく共に戦場を駆け巡った。その後は文官に転身して、以後、内侍省東宮府長史《ないししょうとうぐうふちょうし》を務めて貰っている」

「とても文官には見えない威圧感がありますものね」

「そういうことだ。本来ならば霍星雲とともに槍を持って戦場を闊歩しているはずだったが、なんの因果かこのような形に収まっている」

だが、と東宮は続ける。

「共に槍を持つことはもはや叶わないだろうが、霍星雲の死を看取《みと》らせてやることくらいは出来る」

「霍星雲様の命を救って共に老衰させることは出来ませんか？」

「……………」

東宮は沈痛な表情を浮かべる。そうしてやりたいのは山々だが、と言葉にすることさえない。彼の双肩には国家がのし掛かっていた。情にほだされるわけには行かないのだろう。

その立場、その気持ちを臣下として重々理解した香蘭は、片膝をつき、拱手礼をすると、〝物分かり〟のいい言葉を発する。

「東宮様の御内意、重々お察しいたしました。たしかに東宮様がこの件に表立って介入するのは国家のためにならないでしょう」

「…………」

「しかし、一介の宮廷医見習いが介入するのならば問題ないはず。彼女は岳配様にひとかたならぬ恩義があります。間接的にですが、霍星雲様にも」

香蘭が日々、勉学に励めるのは霍星雲のような英雄が国を守ってくれているからだ。彼の今までの働きに報いたい気持ちで溢れていた。

香蘭のまっすぐな言葉と気持ちに東宮は改めて思う。

（この娘の心根はなんとまっすぐで清々《すがすが》しいのだろう）

汚濁に満ちた伏魔殿にあって、彼女だけが正気を保っているのかもしれない。そう思った東宮は沈黙することによって香蘭の背中を押した。

香蘭は有り難い、と拳に力を込めると、岳配と霍星雲のため、宮廷を駆け回る決意を固める。

†

香蘭がまずすべきだと思ったのは霍星雲と面会することであった。

医者として彼の病状を確かめたかったのだ。それと彼の意思も。

医者として一番強敵なのは生きる意志のない患者だ。

人間、不思議なもので生きる意志をなくした患者はどのように手を尽くしても助からないことが多い。手術が成功しても衰弱して死んでしまうのだ。

理由は分からない。栄養を強制的に取らせても同じなので、細胞にまで意志が宿るとしか思えないのが香蘭の考察だった。まずは霍星雲の病状、そして生きる意志の確認をするのが肝要と思った香蘭は、霍星雲に面会を求めるが、刑部府《けいぶふ》の役人は、

「霍星雲との面会は禁じられている。何人《なんぴと》たりとも認めるわけにはいかない」

と紋切り型の対応をされた。勅令を受けた白蓮の弟子であることを伝えても色好《いろよ》い返事はもらえない。

「白蓮本人でなければ会わせることは出来ない」

霍星雲と敵対する高官たちは霍星雲の暗殺を恐れているようだ。彼の信奉者が霍星雲の名誉を守るため、死刑執行前に暗殺をする可能性があった。ゆえに昼夜関係なく厳重な監視がなされているのだろう。

しかしだからといって、はいそうですか、と諦めることは出来ない。刑部府の政務所に押しかけ、なんとかならないか掛け合った。朝から晩まで居座って頼み込む。そのしつこさは度を越していたので衛兵を呼ばれそうになるが、すんでのところで難を逃れる。知り合いが助け舟を出してくれたのだ。

そのものは刑部府の官吏で以前、骨接ぎをしてあげたことがあるものだった。そのと

きの香蘭の対応が気に入り、「是非、嫁に」と陽家に出向いてくれたが、丁重にお断りした過去がある。彼はその場を丸く収めてくれると、香蘭を政務所の外に連れて行った。

「香蘭さん、いけませんな。東宮様の御典医とはいえ、無理筋は通りませんよ」

「それは百も承知です。しかし時間がないのです」

「白蓮殿の付き添いで来ればいいじゃないですか」

「今、師と意見を異にしております。なにが最良なのか見極めたいのです」

「なるほど、そのためにおひとりで」

「はい。是非、面会したい」

　霍星雲の病状が分からない以上、急ぐしかない。しかも一ヶ月後には病状にかかわらず死を宣告されるのだ。悠長に構えている暇はなかった。香蘭の焦りを察してくれた官吏は納得してくれたが、口添えは出来ないという。ただし助言はくれる。

「霍星雲様との面会の是非を決める権限は刑部府長史李墨《りぼく》様にあります。ここで政務所の官吏とやり合っても意味はない」

「なるほど、では李墨様を説得しますが、なにか妙案はございませんか？」

「賄賂は利かない方です。李墨様は不正を忌み嫌う方ですから」

　珍しい、と思ったがさすがに口には出さない。

「しかし、誠を感じ取れる方、香蘭殿と会えばなにかしらの返答をくださるでしょう」

「ありがとうございます。この恩は忘れません」

そのように頭を下げると李墨と面会する方法を思案するが、官吏は最後に「──求婚の話ですが」と言った。香蘭はにこりと微笑むと、「考えておきます」と告げて背を向けた。三秒後にはこの官吏の存在を忘却の彼方《かなた》に押しやると、李墨がいるであろう場所に向かった。

†

李墨がいる場所に向かう途中、香蘭はとあることを思い出す。

「……李墨、李墨。はて、聞いた名前のような」

記憶の井戸を掘り起こすと黒い貴妃を思い出す。

「そうだ。あのときだ。東宮様が青酸カリを飲んだときに出てきた偉い方だ」

黒貴妃《くろきひ》の謀略を阻止するため、奔走したときにやってきた高官である。会ったのは一度だけだが、悪い印象はなかった。一目で善人だと分かる面構えで、他の佞臣とは一線を画す人物のように思われる。頭でっかちで融通が利かない人物には見えず、理由をきちんと話せば面会を認めてくれそうな気がした。

香蘭の見立ては完全に正しいのだが、問題がひとつあった。

その肝心の李墨が師と同じように仕事と私生活を完全に切り分けていることであった。

李墨を補佐する官吏に会うと、彼が長期休暇を取っていることを知る。彼もまた行き先を告げていないことも。師のように妓楼に入り浸っている可能性はないだろうが、だからこそ余計に見つけにくかった。官吏いわく、

「どこにいるか、見当もつきません」

とのことだった。

万事休す――、という言葉が脳内に浮かび上がったが、それを振り払うと香蘭は行動を開始した。諦めるのはすべての方策を試してからにすべし。それは幼き頃から父祖に言い聞かされてきたことであるし、香蘭が人生で感じ取ってきたことであった。

香蘭は宮廷の事情通である友人を探すため、東宮御所へ戻った。

李志温《りしおん》、香蘭の女官仲間で、後宮に入ってから初めて出来た友達である。彼女は口から生まれてきたかのようなおしゃべりで、後宮内外の醜聞を掻き集めては周囲に広めるどうでもいい役目を担っていた。摑まると小一時間は世間話をする羽目になり、忙しいときは近づかないようにしているのだが、今日はあえて近づく。

事情通である彼女ならば良い占い師を知っていると思ったのだ。

白蓮ならば「結局神頼みか」と皮肉を言うだろうが、神に頼ってことが済むのならば

いくらでも頼るべき、というのが香蘭の考え方であった。香蘭は李志温に尋ねる。

「志温、先日、街で評判のいい占い師に占ってもらったと言ってましたね。わたしにも紹介して頂けませんか？」

「あら、香蘭が占いなんて珍しい。恋愛相談？」

「失せもの探しです」

「へえ、なにを探しているのか知らないけど、占い師の居所ならば教えてあげるわ」

と南都の占い師が集まる一角を教えてくれる。

「ありがとうございます」

深々と頭を下げると香蘭は志温に背を向けるが、彼女は最後にこんな台詞を漏らす。

「本日大安吉日、待ち人来る」

どうやら占いの本では香蘭の運勢は最高らしい。「幸先がいい」と返答すると、そのまま南都の占い街を目指した。

†

「あんた、地獄に落ちるわよ！」

開口一番にそのように言ったのは、五星占術《ごせいせんじゅつ》という占いをする占い師だった。ふくよ

かだが陰険な顔をした女性で、明らかに香蘭を支配したいように見える。白蓮いわく、

「最初に不安をあおり、そこから救いの手を差し伸べるという体をとるのが洗脳の常《じょう》套《とう》手段だ」

という言葉を思い出す。

案の定、数珠を買えば幸運を招き寄せることが出来るとのことだったので、丁重にお断りして、最初に提示された料金だけを支払う。鴨《かも》にならなかったので舌打ちまでされたが、気にせず他の占い師にもあたる。

一発で探し人が見つかるとは思っていなかった。最初から数で勝負する気でやってきたが、ほとんどの占い師は、

「西にいる」

「東にいる」

「思いが通じれば自然と出逢える」

などと益体もないことばかり言う。

五人目の占い師からもろくな情報が得られなかったとき、「……やはり師の考えが正しいのか」という結論に達する。占いというのは所詮、話の種にするものであって、頼ってはいけないものなのかもしれない。

「まあ、いい勉強になったかも」

そう思った香蘭が家に帰ろうととぼとぼと歩いていると、その背中に声を掛ける人物が。

「……もし、もし、そこのお嬢さん」

香蘭が返事をする声を止めてしまったのは、呼びかけられた声がとても涼やかで流麗だったからだ。後宮の貴妃のような気品に満ちていた。それにどこかで聞き覚えがあるような。

声の主のほうを振り返ると、香蘭は驚愕する。

「な、あ、あなたは⁉」

思わず香蘭は声を震わせてしまう。それも仕方がない。なぜならばそこにいたのは思いがけない人物だったからだ。

黒い喪服のような服を纏った人物、屍人のような白い肌を持った妖艶な美女がそこにいた。

彼女の名前は黒貴妃。皇后陛下のお気に入りの卜占女官《ぼくせん》で、白蓮と因縁を持つ女性。本名は知らないが、俗名はたしか陰麗華――いや、何仙姑《かせんこ》だったか。

そのように黒貴妃の情報を思い出していると、彼女は艶《なま》めかしい笑みを浮かべ、

「火仙狐《かせんこ》、――火仙狐よ。ここではその筆名を使っているの」

と説明する。香蘭の心を読んだかのような発言であるが、気にしない。なぜならば香

蘭は考えていることが表情に出やすい性質《たち》だからだ。勘の鋭いものならば内心を読み取ることなど造作もないはず――それに香蘭は黒貴妃の力を知っていた。彼女は自然科学を超越した不思議な力を持っているのだ。人の死を予言することが出来るのである。香蘭の考えごとなど軽く見透かされるだろうと思っていた。

心を包み隠すことなく、本音を伝えた。

「お久しぶりでございます。黒貴妃様」

「お久しぶり。白蓮は元気？」

「悪運しぶとく、現世に留《とど》まっております」

「酷い言いようねえ」

「師の言葉をそのまま引用したまでです」

「なるほど、白蓮らしいわ」

ふふ、と微笑む。

「しかし、黒貴妃の称号を持つあなたがなぜこのような場所に」

「黒貴妃は宮廷での称号。市井に出たらなんの意味も持たないわ」

「市井に出る必要はないでしょうに」

「そんなことはないわ。私は街の活気が好きなの。それに街で民を占うことによって勘を養っているのよ」

「勘ですか」

「そう。この占いの館では誰も私の力を知らない。誰も私を恐れおののかない。町人、農民、商人、主婦、売春婦、ほんと、様々な人々が純粋に相談事を持ちかけに来るの。彼らと交わることによって私の占い師としての腕は研鑽《けんさん》されていくのよ」

「勉強熱心なことです」

「ありがとう」

「時折、宮廷を抜け出しているのですね」

「そうね。本当にたまにだけど。今日はそのたまたまにあなたがやってきた。これは運命だと思わない？」

「憎々しい男の弟子がのこのことやってきた、と解釈することも出来ます」

「そちらの解釈も素敵ね。でも、私が白蓮を殺すとしてもそれは〝黒貴妃〟としてよ。それも必要に迫られなければそんなことはしない。私は殺人鬼ではないの」

「必要に迫られれば師を殺す、ということじゃないですか」

「そうね。でも、それは皆が同じでしょう。そういう状況下に追い込まれれば人は殺人という罪を犯すわ」

「わたしは違う」

「そうね、あなたはそうだった。自分を殺しに来た暗殺者でも治療してしまいそう」

くすくすと笑うと、彼女は続ける。

「そんな恐《こわ》い顔をしないで。今日は休戦日よ。今日の私は街の占い師火仙狐。悩める子羊を救うただの占い師でしかないの。そしてあなたはその占い師を頼ってここにやってきた。なにも収穫を得られずに帰るのは不本意でしょう？」

「…………」

その通りだったので沈黙するしかない。香蘭は黙って席に座る。

「素直なのはいいこと」

「ありがとうございます」

「あなたには借りがあるし、無料で占ってあげましょう」

「ただより高いものはない、師の言葉です」

「私の占いの価値は絹一〇〇反に勝るわ。本来の代金を貰ってもいいのだけど」

「師は同時に金を払ったら負けだとも言っていました」

「本当に素直な娘ねえ」

にこりとすると黒貴妃は美しい玉を取り出す。

「それは？」

「これは水晶と呼ばれる宝石よ。水晶占いね」

「珍しいですね」

「珍しいどころかこの国で水晶占いを行うのは私だけよ。大沈国《たいちんこく》から伝わった秘技なの」

大沈国とは西戎の遥か西にある、西洋文化圏の過半を支配する大帝国だ。西の大沈国、東の中原国と呼ばれるくらいの存在である。ちなみに白蓮の西洋医術も大沈国伝来ということになっているが、その水準は〝この世界〟のそれを遥かに凌いでいた。疑問を抱いている輩もいるが、今のところ魔女裁判のようなことにはなっていない。

さて、話は逸《そ》れたが、香蘭は黒貴妃の一挙手一投足に注目する。

（……この人は本当に超常的な力を持っているのだろうか）

改めて確認したかったのだ。彼女は何人もの人間の死期をぴたりと言い当てたことがある。それを暗殺に利用したという負の側面が強調されるが、その力は有用であった。

怪しげなところがないか、つぶさに観察するが、なにもない。三流の占い師ならば仕掛けを使って水晶玉を幻想的に光らせたりするのだろうが、黒貴妃は拍子抜けするくらい演出にこだわらなかった。数分間、水晶玉を両手で艶めかしくさすると「ふむ」と呟いた。

「あなた、人を探しているのね」

「はい」

「ちなみにこの情報は他の占い師と話しているところを盗み聞きしたの」

「正直だ」

「占いの基本中の基本ね。あなたにはこういう駆け引きは無用でしょうから、互いに全部情報を出して」

「分かりました。わたしが探しているのは、刑部府長史李墨様です」

「ああ、あなた李墨を探しているのね」

「はい。理由は霍星雲様と面会の許可をいただくため」

「あらあら、そんな面倒ごとに巻き込まれに行くなんて白蓮らしくない」

「いえ、火中の栗《くり》を拾いに行くのはわたしだけです」

「へえ、師に代わって功徳を積むのね」

「そんなたいそうなものじゃありません。お世話になっている人たちの悲しい顔が見たくないだけです」

「その心意気やよし。気に入ったのでみっつだけ約束してあげましょう」

「有り難い約束でしょうか？」

「捉え方次第ね。ひとつ、この事件ではあなたたちに関わらないでいてあげる」

「つまり宮廷に巣食う佞臣どもがあなたに助力を求めているのですね」

「そういうこと。侯廊原《こうろうげん》のように心も身体も脂ぎった男は無数にいる。その手の手合いから誘いを受けているけど、〝今回〟は断ってあげる」

「有り難いです。あなたまで敵に回したら我らに勝ち目はない」

「ふふふ、ふたつ目は特別に霍星雲の死期を占ってあげる。有り体に言えば彼は一ヶ月後に死ぬわ」

「一ヶ月後……慶賀の月が終わったあとですね。つまり、将軍は死刑になるということでしょうか？」

「死因までは分からない。でも死ぬ、確実に死ぬ」

「後宮の黒き予言者のお墨付きというわけですね」

「不幸の結末が見えてやる気が減衰したかしら？」

「まさか。その逆です。少なくとも霍星雲様は病気で死なないことが判明した。我が師の実力はやはりとんでもない」

「前向きな娘ねえ」

「はい。それにわたしは未来は変えられると思っている。人の死は柔軟で弾力性に富んでいると思っています」

「そうね。普通はそう。凡百な占い師ならばそのような曖昧な理由付けで外れを糊塗《こと》するわね。でも、この私は違う。霍星雲は死ぬ。絶対に」

「ならばわたしと師が絶対に生かします」

「…………」

「…………」

ふたりの間に妥協点は見いだせない。しばし沈黙すると、黒貴妃は笑みを漏らした。

「いいわ。そのときが来れば必ず分かるから。さて、最後に三つ目のお知らせだけど。勘が鋭いあなたならば私がなにを言うか、分かるわよね」

「李墨様が滞在している場所」

「正解。彼は南都の南西にある東亜湖《とうあこ》という場所にいるわ。俗世の喧噪《けんそう》から離れ、釣り糸を垂らしている」

「風流ですね」

「白蓮みたいに妓楼通いもなかなかに乙よ」

「夫にするのならば断然、李墨様のような方です」

無論、夫にはしないが、それでも一刻も早く会いたかった。

香蘭は黒貴妃に頭を下げると、その場を去ろうとするが、黒貴妃はおまけにもうひとつ助言をくれた。

「李墨には死相が見えるわ。霍星雲のようにはっきりとしたものじゃないから、回避できるだろうけど、注意なさい」

「ありがとうございます」

李墨は黒貴妃が所属する派閥とは対立しているはずだが、彼女は彼の生命を気遣っているようだった。彼女を嫌うものは彼女を悪魔のように罵るが、香蘭はそれに同意することが出来ないでいた。誰よりも悲しみを背負ったこの女性は、無慈悲ではないのだ。ただ、他人の命に淡泊なだけであった。

改めて黒き貴妃に頭を下げると、別れを告げた。香蘭はそのまま家に帰ると、馬車を用意してもらい、東亜湖へと向かった。

†

香蘭の父は気前よく迅速に馬車を用意してくれた。

「おまえのことだからきっと人の生き死にや幸せに関わることなのだろう」

と理由さえ尋ねなかった。有り難いことであったが、母は相変わらず「嫁入り前の娘があちこちに出向いてはしたない」と嘆いていた。母親の言うことを聞いていたら仁の道は貫けなさそうなので無視をしたが、「東亜湖に行くのならば鱒寿司《ますずし》を買ってきて」とのことだった。

東亜湖は鱒の産地で有名なようだ。何気ない一言であるし、どうでもいいことなのだが、香蘭は妙に気になった。

「鱒寿司とは鱒を酢で締めたものですよね」

「そうよ。とても美味しいの」

東亜湖は鱒が有名、李墨は釣りが好き。そして忍び寄る死の影。今のところそれらが有機的に結び付くことはなかったが、きっとなにか関係があるのだろう、と思った香蘭は、馬車がやってくるまでの間、釣りの話を父とする。

父は快く釣りについて教えてくれた。父は若い頃に魚釣りを趣味としていた時期があったのだ。しばし川魚の蘊蓄《うんちく》と、釣りの腕前について拝聴しているうちに、馬車がやってくる。

馬のいななきが聞こえると父は残念そうに、これからがいいところだというのに、と肩を落とした。なんでも香蘭を一呑み出来るほど大きな怪魚を釣り上げたときの話があるそうな。法螺《ほら》であるか、誇張であるか、判断しにくいところであるが、謹厳実直な父がこのように多弁になるのも、釣りというのはそれなりに面白い趣味なのだろう。香蘭も一度、やってみたいと思った。

李墨が東亜湖にいることは分かった。釣りをしていることも分かった。ならばあとはそこに赴き、頭を下げるだけ——というわけにはいかないだろう。李墨は真面目な官吏らしいが、それゆえに不正を嫌う。霍星雲が面会禁止なのは彼とその上司が決めたことで、頭を下げただけではその決定が覆ることはない。

一工夫必要だと思った香蘭は、東亜湖に着くと、父から借りた釣《つ》り竿《ざお》を片手に釣りの練習を始めた。まずは釣り仲間となって李墨の信を得るのだ。父が若かりし頃に愛用していた釣り竿は立派なものだったので、十数年経過しても光彩を放っている。時折、手入れもしていたようで、新品同様だ。

「隠居後に再開しようとしていたのかもしれないな」

父は診療所の主で、弟子もたくさんいる。とても釣りなどしている暇はないだろうが、それでも悠々自適な隠居生活への憧れもあるようだ。

「わたしが診療所を継げば釣りに専念させてあげられるかな」

と思ったが、女の身では診療所の主は務まらない。男の医者と結婚してそのものが継ぐことになるかもしれない。そのとき、共に診療所を運営するのは誰になるだろうか。

ふと、何人かの医師が頭をよぎったが、一番、意地悪な表情をしているものの顔が浮かんだので慌てて頭から振り払う。

「このような風光明媚《ふうこうめいび》なところまで来て気分を悪くする必要はない」

そのように吐息を漏らすと馬車の駆者《ぎょしゃ》に釣りの仕方を教わる。

「釣りは難しく考える必要はありません。針の付いた釣り糸を湖に垂らす。魚が食い付いたら引き上げる。それだけです」

「単純だ」

「まあ、本当は奥深いのですが、お嬢様がされるのは浮き釣りです。根掛かりの心配もいりませんし、誰でも出来ます」

「うむ、有り難い。浮きというのが沈んだら引き上げればいいのだな？」

「左様です。簡単でしょう」

「とても簡単だ。猿でも出来る」

「ひとつだけ問題があるとすれば、餌付けでしょうか。女子供は虫餌を気味悪がります」

「わたしは医者だぞ？　虫を恐れることはない」

そのように断言するが、馭者が小さな木箱から、蠢《うごめ》く物体を取り出すと、香蘭は顔を青ざめさせる。

うねうね、ぐねぐね、毛がないどころか手足もない。粘液を纏っており、生臭い臭気も放っている。

「こ、これは？」

「アオイソメでございます」

「気持ち悪い。この世界の生物ではないような気がする」

出来れば一生関わりたくないし、触れるなどもっての外だが、今は触るしかない。

「——女が釣りをしないのももっともな話だ」

餌は気持ち悪いし、臭い。釣り場には厠《かわや》もないし、日焼けする。女が厭《いと》う要素が満載なのが釣りであった。

「釣りは一度だけで十分だな」

その一度だけでも人並みに楽しむべく、餌の付け方を練習する。父いわく、釣りは大自然との融和を楽しむもの。そんな中、餌が気持ち悪いと叫ぶ女子供が横にいると興ざめするとのことだった。香蘭の目的は李墨と親交を深めること。足手まといになることではない、と自分を叱咤する。東亜湖に流れ込む川で何度か練習するとそれなりの形になる。このまま三日ほど練習を重ねれば漁師にもなれそうであったが、香蘭は即座に李墨がいる場所へ向かった。時間が惜しかったからだ。

香蘭は湖に突き出た桟橋で釣り糸を垂らしている中年の男を見つけると、彼の横に座っていいか尋ねた。李墨は、

「この湖は私の先祖が生まれる遥か前から存在した。この桟橋も私が作ったものではない」

つまり隣で釣りをしてもいいと解釈した香蘭は、会釈すると釣り糸を垂らす。件の餌付けもなんとか様になっていた。

ぽちゃんと浮きが湖に浮かぶ。

静寂が満ちる。風がかすかにそよぐ音だけが聞こえる。

「──静謐《せいひつ》に満ちている」

南都がいかに喧噪に満ちあふれているか思い知らされる。香蘭の勤める診療所には多くの患者がやってくるし、周囲には人がたくさん住んでおり、物音が絶えることはない。しかし、この湖は違った。風以外には鳥の鳴き声と時折、魚が湖面を跳ねる音しか聞こえないのだ。時が止まったかのような静寂が世界を包み込んでいた。

おそらくであるが李墨はこのような環境が好きでわざわざ南都からやってきたのだろう。己の心を癒やす場所を求めてやってきたのだ。その気持ちがありありと分かったので、声を掛けることすら躊躇《ためら》われたが、香蘭の目的は李墨の信を得ること、黙っていてはなにも始まらなかった。

香蘭は意を決すると彼に語りかける。

「見事な腕前ですね」

「そのように見えるかね」

彼の横に置いてある木桶《きおけ》を覗き込むと空であった。朝から釣りをしていて一匹も釣れていないようだ。

「…………」

気を取り直すと香蘭は本題に入った。

「──李墨様、実は折り入ってお話が」

「なんだね〝陽香蘭〟」

「……わたしをご存じでしたか」

「黒い手薬煉《てぐすね》事件のときに会った。それだけでなく、おまえは宮廷の有名人だ」

「なんと」

「東宮様が面白い娘を飼っていると評判になっているぞ」

「東宮様の名を辱めるようなことだけはないように心がけたいです」

「殊勝だな。励めよ」

「はい。しかし、わたしを知っているのならば話は早い。どうか、霍星雲様と面会させて頂けませんか？」

「おぬしは白蓮の弟子だろう。診療のときに供をすればいいだろう」

「そういうわけにも行かない事情がありまして。まずは単独で会いたいのです」

「どういう事情かは知らないが、駄目だ」

言下に断られる。想定内なので落ち込みはしないが、諦めもしなかった。

「それでは毎日、共に鱒釣りをしながら願い出ますが、よろしいか？」

「お好きに。ただし、いつまでも否と言うが」

「今日の答えと明日の答えは違うもの。なにが切っ掛けになるか分かりません」

そのように言うと、香蘭は李墨の浮きが沈んでいることに気がつく。李墨にそれを伝えると彼は立派な鱒を引き上げる。

彼は満面の笑みで釣り上げた鱒を眺めている。もしかしたら今、面会を願い出れば答えが是に変わるかと思ったが、香蘭はあえてなにも言わなかった。一日に何度も頼むのは無粋だと思ったのだ。釣り糸を垂らしているときの満ち足りた姿、鱒を釣り上げたときの笑顔、それらを見るに李墨は休暇を満喫していた。そんな人物に仕事のことを思い出させるようなことはあまりしたくなかった。

香蘭は長期戦も覚悟しつつ、共に釣り糸を垂らした。

ちなみにその日、香蘭の竿には当たりすらなかった。


翌日も李墨の隣で釣りをするが、鱒が掛かることはなかった。流木が釣れたが、嬉しくもなんともない。一方、李墨は鱒を二匹釣った。

「これが上級者との差か」

嘆く香蘭に、そうではないと李墨は言う。

「私もこの休暇で初めて釣りを覚えたのだ」

「なんと」

「同僚に勧められてな。おまえは働き過ぎだから釣りでもしてこいと言われた」

「息抜きですね」

「そういうことだ。科挙に合格して以来、働きづめであったが、人生とはこのように楽しむものだと改めて知ることが出来た」

「善きことです」

と纏めるが、釣り歴に差がないにも拘《かか》わらずここまで釣果に差が出るのは悔しかった。

木桶一杯に鱒が入っているのを見ると羨ましくなるが、香蘭はふと気がつく。

「——釣りは始められたばかりだそうですが、李墨様は釣った魚は食べられるのですか?」

「無論食べる。命を粗末にすることはない」

「川魚は生では食べられないことを知ってますよね?」

「そこまで世間知らずではない——と言いたいところだが、先日まで知らなかった。なにせ勉強漬けの人生だったもので、そのようなことには疎くてな」

「やはり」

「だが、鱒が生で食べられることは知っている。押し寿司にするくらいだからな」

「母の好物です」

「釣った魚は何匹か生で食べた。脂が乗っていてとても美味しかった」

少年のような笑顔で言う李墨。釣りは男を少年に変える魔力を持っているようだ。いい趣味だと思うが、その日も香蘭に当たりはなかった。

二日続けて坊主になった香蘭であるが、有り体に言えばその後、坊主は四日間続いた。さすがにおかしいと思った香蘭は、馭者に道具を調べて貰うが、なんの異常もなかった。

「お嬢様の腕と運の問題かと」

お墨付きを貰った香蘭は、その日、湖に行く前に近くにある廟《びょう》を訪ね、お参りをした。そのときにおみくじを引いたのだが、凶を引いてしまった。なんでも知り合いが病に倒れるとのことだった。なんとも不吉であるが、そのおみくじはぴたりと当たることになる。

その日も朝から釣りをし、李墨に腕の差を見せつけられていたのだが、午後、李墨が三匹目の鱒を釣ると急に苦しみ始めた。竿を水面に落とし、腹を押さえたのだ。

医者である香蘭は即座に診察するが、李墨は尋常ではない量の汗をかいていた。

「……腹痛。盲腸か？」

独語するが、よく分からない。香蘭は李墨の従者に持病がないか尋ねる。彼は「旦那様は風邪ひとつ引いたことがありません」と答える。

「――盲腸以外ならばお手上げだ」

一応、道具は持ってきているし、過去、何度か盲腸の手術をしたことはある。しかし、それは神医白蓮の指導のもとで行ったものだ。彼の助力なしで成功させることは難しい。

「――ならばわたしにはなにも出来ないのか？」

一瞬、自分の無力さを嘆くが、香蘭は首を横に振る。そのような考えを持ったことを恥じたのだ。香蘭は今、自分に出来ることを考える。

「急な腹痛、健康体だというし、内臓系の疾患ではない」

ならば腹下しの可能性が高い。李墨は先日から生魚を食べているというし、寄生虫を貰ってしまった可能性が浮かんだ。そのことを従者に問い質《ただ》すと従者は首を横に振る。

「旦那様が食べたのは虹鱒《にじます》ですよ。虹鱒には寄生虫はいません」

「それは父上も言っていた。有名な話だ」

「この湖には虹鱒しかいないはずです」

「それも父上が言っていた。しかし、先ほど畔《ほとり》にある廟を訪ねた。そのときに地図を見たのだが、わたしが釣りの練習をした川が描かれていなかった」

「どういうことです？」

「新しく支流が出来ていたということです。つまりそこから虹鱒以外の鱒がやってきても不思議ではない」

「な、なんと」

「おそらく桜鱒《さくらます》でしょう。桜鱒は虹鱒に似ている上、寄生虫の宝庫だ」

とある暇な学者が調べたそうだが、桜鱒の九割は寄生虫に感染しており、一匹当たり平均、三匹の線虫《アニサキス》がいるらしい。

「たぶん、線虫に感染したのだろう」

線虫が寄生する魚を生で食べると激しい腹痛を覚える。線虫が胃の壁に喰らい付くからだ。朝に食した鱒から感染したとみて間違いないだろう。

「それで線虫を駆除することは出来るのですか？」

「出来ます。その方法も熟知している」

ちなみに線虫の特効薬は白蓮でも持っていない。しかし香蘭は線虫の退治方法を知っていた。

それは開腹手術を行い、鑷子《せっし》で直接除去することであった。

「腹を開くのですか？」

「内視鏡手術という方法もあるらしいのですが、この国では出来ない」

「ないしきょう⁇」

「仙人の国の道具の話です。しかし、開腹手術ならばこの国でも出来る。そしてわたしでも」

「経験はあるのですか？」

「盲腸ならば何度か。でも、父上は言っていた。線虫は目視できる。腹さえ開けば誰でも見つけることが出来る、と」

「なるほど、ではこの場で手術して頂けますか？」

「もちろんです。そこに漁師の小屋がありました。そこに李墨殿を運んで頂けますか？」

従者はひょいと主を担ぎ上げると小屋に運ぶ。力仕事に慣れているのだろう。そのまま机の上に李墨を乗せて貰うと、手術の準備に入る。

開腹手術自体は難しくない。道具も揃っている、麻酔もあるし、苦しませずに手術を施す自信はあった。問題なのはこの小屋の不衛生さだった。漁師の網を保管する小屋らしく、不衛生極まりないのだ。沖醤蝦《おきあみ》や蚯蚓《みみず》の死骸が散乱している。

「──贅沢は言えないか。ただで貸して貰っているのだから」

そのように呟くが、衛生状態を向上させる努力は怠らない。従者にお湯を沸かして貰っている間、出来るだけ埃を取り払い、アルコール除菌をする。白蓮から分けて貰った〝ビニール〟なる伸縮自在の透明な布で天幕を張ると、そこで手術道具を煮沸消毒する。

手術の準備が整うと、李墨に麻酔を施し、腹を開く。よどみのない動作であるが、内心、焦っていた。果たして上手く出来るのだろうか、と。ただ、患者やその従者に動揺を悟られたくなかったので、意識して余裕を見せると、てきぱきと胃を開き、そこにいた半透明の虫を確認する。線虫を鑷子でつまみ上げるとぴくぴくと抵抗を見せる。

「不思議なものだ。アオイソメはいまだに気持ち悪いのに、こいつはなんとも思わない」

気持ちが医者になっているからだろうか。そのように考察すると線虫を始末する。その後、医療用の糸で胃を閉じると、そのまま腹も閉じて手術完了。しばらくなにも食べられないだろうが、李墨は健康体なので問題ないだろう。術後の感染症だけが心配なのでしばらく注視しなければいけないが、南都まで付きっきりで面倒を見るつもりだった。

その後、李墨は順調に回復し、休暇を切り上げて南都に戻ることになった。途中、

「もう二度と鱒は食べない」

と漏らす。

二度と釣りはしない、と言わないあたりが釣り人の素質を感じるが、香蘭は釣った魚を食すことを勧める。

「昨日の今日でか。医者とは思えぬ口ぶりだ」

「医者だからですよ。魚釣りは釣った魚を食べてこそ面白い」

「しかし、寄生虫はこりごりだ――まあ、焼けばいいのか」

「そういうことです。他にも冬ならば凍結させるという手法があります」

「凍らせると寄生虫は死ぬのか？」

「はい。いったん、凍らせてしまえば寄生虫は死滅します。解凍すれば食味も落ちませ

んし、半解凍のものはルイベと言います」

「ルイベ？」

「我が師匠は食通でよく食べています。食感がたまらないらしい」

「性懲りもなくごくりと唾を飲み込んでしまった」

「ははっ、まあ、あの師匠が食べるということは安全なのでしょう。李墨様もこれに懲りず、釣りに熱中してください」

「うむ」

と纏めると、李墨は従者に紙と筆を用意させた。

「なにをされるのです？　病み上がりなのですから、このような揺れる馬車で書き物などしなくても——」

主治医として止めざるを得ないが、李墨は気にする様子もなく、文章を書き上げ、黙ってそれを香蘭に渡す。

「——これは」

「それは面会許可証だ。それを見せれば霍星雲殿の軟禁されている館に自由に出入り出来る」

「くださるのですか？」

「命の恩人に報いたい。それに私は霍星雲殿を尊敬している。彼は国士だ。この国のために働き、この国のために死に行く男だ。今さらおまえが面会したところでその運命は変わらないだろうが、おまえは彼の死をより良いものにしてくれる気がする」

「――より良い死などあるのでしょうか？」

思わず尋ねてしまったが、それに対する回答は貰えなかった。李墨は有能な官僚だが、すべての答えを用意しているわけではないのだ。だからこそ香蘭に面会許可証を渡したのかもしれない。そのように思った香蘭は有り難く許可証を貰う。そもそもこれを貰うために東亜湖までやってきたのだ。固辞する選択肢など有り得なかった。

香蘭はそのまま同じ馬車に揺られ、南都まで戻ると、一度家に戻り、霍星雲に会う準備を始めた。皇国の守護者たる英雄に会うのに相応しい格好をしたかったのだ。母は喜んで服選びに付き合ってくれるかと思ったが、一言だけ皮肉を言った。

「お土産の鱒寿司は？」

と。

無論、忘れていたので「母上の服選びの趣味は貴妃様にも好評です」と胡麻《ごま》を擂《す》っておいた。

†

霍星雲が軟禁されている館は南都の郊外にあった。

宮廷に通うには不便であるが、南都の喧噪から逃れるにはちょうどいい場所だった。

香蘭は面会許可証を片手に館の門を叩く。事前に李墨から連絡があったのだろう。怪しげな小娘である香蘭をすんなりと通してくれた。

館の警備は想像以上に堅く、廊下の曲がり角ごとに衛兵が立っていた。もしも香蘭が不審な動作をすれば即座に捕縛されるだろう。ちなみに医療道具などもすべて入り口に置いてきた。服に毒物が仕込まれていないか、入念に調べられた。香蘭の唯一のお洒落《しゃれ》箇所《かしょ》であるかんざしすら没収されてしまったのには閉口したが、それほど暗殺を警戒しているのだろう。その事情は分かるし、李墨には最大限の配慮をして貰っているので、文句を言うことは出来なかった。そもそもふたりきりで面会させて貰えること自体僥倖なのだ。香蘭は素直に感謝すると霍星雲がいる寝所へと向かった。

霍星雲の寝所に入る。そこは薄暗く、静寂に満ちていた。霍星雲は静かに目を瞑り眠っており、僅かばかり胸が上下している。

顔色は土褐色で、診察するまでもなく死の匂いを感じ取ったが、その姿とは裏腹にそ

の声は生命力に満ちていた。彼は目を開くことなく、

「貴殿が陽香蘭か」

と尋ねてきた。

「左様です」

「李墨殿から聞いている。面白い娘が面会を求めている、と」

「李墨様には感謝しております」

「それでこの老木にどんな御用かな？」

老将の姿を見つめる。彼の手足は枯れ木のように細かった。生命力を感じさせず、今にも朽ち果てそうであった。時間がないと思った香蘭は単刀直入に言う。

「星雲様に生きる意思がおありか確認しに伺いました」

「なんだ。そんなことか」

「はい。有り体に申し上げますと、星雲様のご友人である岳配様は星雲様の死を望んでおられます。星雲様に名誉ある最期を遂げて貰いたいのでしょう」

「有り難いことだ。持つべきものは友人だな」

「一方、わたしの師は星雲様に生きて貰いたいようです。星雲様を治療し、死刑台に向かわせるつもりです」

「わしが肝の病でくたばらなければそうなるな」

「客観的に見ればご親友の岳配様と我が師匠が二者択一を迫っているようにも見えますが、悪は宮廷に巣食う高官どもだと思います」

「畏《かしこ》くも皇帝陛下の臣下をそのように悪し様に言うものではない」

「国家の功臣に罰を以て報いる連中でございますよ」

「しかし彼らは皇帝陛下の臣下だ。皇帝によってその任に命じられた」

「皇帝陛下は間違いを犯さない、と」

「そうだ。皇帝は間違ったことはしない」

「わたしも幼き頃からそのように教わって参りました。しかし、この国のものは大人になる頃に気がつきます。それが誤謬《ごびゅう》であることに」

「わしはいつまでも子供ということだろう。自覚はある」

　霍星雲は軽く笑みを浮かべる。その笑みに屈託はない。死を恐れていない。どのような理不尽も受け入れる。そんな覚悟を感じさせた。あらゆる運命を許容する、そのような覚悟が見て取れた。六〇余年もの人生を駆け抜けた先達が、国家の支柱とも言うべき英雄がそのような覚悟を持っているのならば、小娘である香蘭にはどうしようも出来ない。

　いや、もとからどうにかしようなどとは思っていなかった。ただ、霍星雲にどのような考えがあるのか知っておきたかったのだ。短い対面ではあるが、香蘭は彼がどのような人物であるか察した。彼は岳配老人にそっくりだった。どこまでも国家に忠節を捧げる忠臣、己の私欲など微塵《みじん》も持たず、主に命を託す武辺者であった。

　それを確認できただけで十分だった。覚悟を固めた香蘭は自分の立ち位置をはっきりとさせる。

「これからわたしの師が足繁《あししげ》くここに通うでしょう。わたしはその助手として付き添います」

「それはわしの病を治療するということか」

「はい。岳配様はあなたを殺せと仰《おつしや》いましたが、わたしには出来ない。なぜならばわたしは医者だから」

「医者は人を治すもの。武人は人を殺すもの」

「違います。医者も武人も同じでございます。どちらも人を救うために刃物を振るうではないですか」

「それは面白い考え方だ。ある意味真理を突いているかもしれんな。どのような武人も誰かを救うために槍を振るっておる。国のため、家族のため、あるいは仲間のため。そう思っていなければ人は殺せない」

「医者も同じでございます。誰かのために短刀を振るいます。自分のやっていることは間違っていない、そう念じなければ人の腹を切ることなど出来ません」

「人殺しと人助け、表裏一体なのかもしれないな。おぬしはその上でわしを治すというのだな？」

「はい」

「分かった。ならばなにも言うまい。おぬしはおぬしの信念を貫き、わしを治療せよ。天がわしを生かすのならばわしは生きて死刑となり、天がわしを殺すのなら死ぬだけ。それだけのこと」

「……必ずお救いしてみせます」

と言ったのは裏で東宮が動いてくれていると信じていたからだ。いつものように上手く立ち回り、政治的な解決方法を見つけてくれると信じていたからだ。東宮に頼りっぱなしなのは気が引けるが、この豪胆で真《ま》っ直《す》ぐな老人を救えるのは彼しかいなかった。

香蘭は東宮の政治的な根回しが成功したときに備え、霍星雲の診療を始める。師匠である白蓮には遠く及ばないことを自覚しているが、それでも無為無策ではいられなかったのだ。香蘭は老人の身体を確認するが、痩せ細っていても体幹はしっかりとしていた。無数の傷痕があり、それが彼の戦歴の苛烈さを声高に主張していた。

面会と診療を終えると、香蘭は館を立ち去る。その足で白蓮診療所に向かって自分の気持ちを白蓮に伝えるつもりだったが、それは出来なかった。黒ずくめの集団に阻まれたのだ。一瞬、野盗か人攫いの類かと思われたが違った。顔こそ頭巾で隠していたが、彼らは組織だった動きをしていた。まるで軍人のようだ、そのような感想を抱いたが、それは正鵠《せいこく》を射ていた。

香蘭は黒ずくめの集団に口を塞がれると、縄で縛られ、そのままどこかに連れ去られるが、冷静だった。

（ああ、誘拐犯って猿ぐつわが好きだよなあ）

呑気に心の中で呟く。

荒事に慣れっことということもあるが、香蘭を誘拐した集団から敵意を感じなかったからだ。身体的な危険にさらされることはないと悟った香蘭は、特に抵抗しなかった。もっとも運動音痴である香蘭が抵抗したところでどうにもならないが。

ともかく、香蘭は「誘拐」されてしまったようだ。それによって霍星雲を巡る騒動は混迷を極めることになる。

†

香蘭は猿ぐつわをされ、荒縄でぐるぐる巻きにされた上、どこかに連れて行かれる。

距離的には南都郊外だと思うが、同じ場所をぐるぐると回っていた可能性もあるので案外、南都のどこかという可能性もあった。一応、逃げ出すことに成功したときに備え、考察は欠かさないが、まず集めなければいけない情報は誘拐犯たちの素性と目的であった。なので香蘭は縄を解かれると開口一番に言った。

「厠に連れて行ってくれ」

――自分でも精神的によろけてしまうが、これればかりは生理現象なので仕方ない。人間飲み食いをすれば尿意を覚えるものだ。そのことを伝えると誘拐犯たちはひそひそと相談を始めた。

「――どうする？　隙を見て逃げ出すかもしれないぞ」

「――しかし永遠に排泄を禁止することは出来ない」

「――まったく、面倒な生き物だな」

生理現象に男も女も関係ない。そう主張すると、彼らは納得してくれた。緊張感のない誘拐犯であるが、香蘭は確信した。

（……やはりな。まったく手慣れていない。拐《かどわ》かしは初めてだな）

その推察は正しいのだが、とりあえず厠へ向かう。帯に荒縄を括《くく》り付《つ》けられた上でのことであるが、中までついてこられるよりましであった。一応、厠に窓がないか確認するが、とても小さく子供でなければ出入り出来なさそうであった。

（……わたしも大きく育ったものだ）

　感慨深くうなずくと、誘拐犯たちのもとへ戻り、彼らの素性と目的を尋ねた。彼らが根っからの人攫いではなく、香蘭に危害を加える気がないのであれば素直に氏素性を名乗ると思ったのだ。香蘭の推察は当たる。彼らは堂々と姓名を名乗った。

「我は霍家の武将、百人長の鄭袁《ていえん》」

「同じく霍家百人長、侯正《こうせい》」

「霍家、斬り込み隊長太史《たいじ》条《じょう》」

　その他、多くの人物が名乗りを上げたが、全員、霍家という組織に所属しているようだ。軍事に疎い香蘭はピンと来なかったが、霍家とは霍星雲直属の精鋭部隊のことらしい。

　霍星雲直属部隊と聞いておおよその事情を察する香蘭。おそらくではあるが、今回の霍星雲解任事件に憤慨しているのだろう。

「ちなみにわたしを人質にしても東宮様は政治的な判断を変えませんよ」

　一応、釘を刺しておくが、彼らは「我々はそのようなことは求めない」といきり立つ。

「我らが主人霍星雲様は国士である。その配下である我らも国士を自認する。婦女子を人質にとって東宮様と交渉するなど有り得ない」

「ならばなぜわたしを誘拐したのですか」

「答えは簡単だ。神医白蓮が気変わりしないように、だ」

「白蓮殿の気変わり……、つまりあなた方は我が師である白蓮殿が霍星雲様の手術を引き受けたことを知っているのですね」

「ああ、宮廷内にいる我らの同志が教えてくれた」

「すごい情報網だ――というほどでもないか。勅令だし」

「そういうことだ」

「気変わりということはあなた方は白蓮殿が医者としての使命を放棄すると思っているのか」

「その可能性を憂慮している」

「それは有り得ない。師は信念の人だ」

「それ以上の信念を持つ人物に説得されたら？」

岳配老人の顔が浮かぶ。白蓮は岳配を心の底から信頼している。かつて志を同じくした仲間だ。この先、情にほだされ、彼の頼みを聞き入れてしまう可能性は零《ゼロ》ではなかった。

「それに白蓮とて人の子、宮廷の悪臣どもに脅されれば信念を曲げることもあろう」

「それは絶対にない！」

「そうかな。例えば愛する愛弟子《まなでし》が誘拐され、その指を送られてきたらどうなる？」

「…………」

「安心しろ。我ら霍家はそのような卑劣なことはしない。だが宮廷に蔓延《はびこ》る悪臣どもはどうだ？　彼らにとっては町医者の娘などどうでもいい存在だ」

「……それは……認めざるを得ません」

「そういうことだ。我らが君を誘拐したのは君の安全確保も兼ねているんだ。霍星雲様を亡きものにしようとしている勢力の首魁《しゅかい》、軍務《ぐんむ》省　尚書令《しょうしょうしょれい》・孫管《そんかん》は慈悲も情けもない男だ。今のところ霍星雲様を生かそうとしているが、今後、どのようにうつろうか分かったものじゃない。やつに主導権を奪われるわけにはいかない」

「ちなみにその口ぶりですと、なにか策のようなものがあるのですね」

「孫管には正義の鉄槌《てっつい》が下されるだろう」

「朝廷に対して反乱を起こす気ですか？」

「霍星雲様を助けるにはそれしか方法がない」

「それを察知されれば死刑から謀殺に切り替わるということか……」

「左様」

困った人たちだ、とは言えない。彼らの言う通り、霍星雲を救うにはそれしか方法はないだろう。それに霍星雲は救うに値する人物だった。その人格、実績、僅かばかりの瑕疵《かし》もない。彼らの力強い意思を見る限り、部下の信頼も篤いのだろう。もしも、香蘭が彼らの立場ならば同じようなことをするかもしれない。

（……実際、白蓮殿が獄に繋がれたときはわたしも宮廷を駆け回ったしな）

彼らの心情は痛いほど理解できたが、だからといって誘拐という犯罪を許容することは出来ない。仮に香蘭に危害を加えないにしても自由が奪われる事実には変わりない。三食昼寝付きの生活を約束するそうだが、その間、患者の治療が出来ないことに変わりはないのだから。

そのように主張すると霍家のものたちは再びひそひそと話し合いを始める。堂々としていないところが善人丸出しの誘拐犯であるが、そのことは伝えないでおいた。

「同志たちと相談した。おまえが義に篤い医者だというのは事前に調べていたが、本当だと分かって嬉しい、と言っている」

「どうも」

「そこで相談なのだが、我ら霍家のものを治療して貰えないか？」

「あなた方を？」

「ああ、たとえばあそこいる男は痔《じ》だ」

「…………」

痔は大病、本人にとっては苦しみでしかないので笑うことはないが気が抜けてしまう。

「あそこにいるものは水虫だ」

「…………」

これも同じく。

「あそこにいるものはものもらいだ」

「そのようなささいな病気はいつでも町医者に――」

香蘭の言葉が途中で止まったのは、痔と指さされた男に右腕がなかったからだ。

水虫を患っているという男の左足は義足だった。

ものもらいの男の片目は義眼だった。

（……このものたちは歴戦の勇者なのか）

長年戦場を駆けずり回ってきたためか、顔や手足に傷が無数にあった。彼らの努力によって中原国の平和が成り立っていると思うと、無下には出来なかった。

「危うく志士伸《ししいん》の誓いを忘れるところだった」

志士伸とは古代の医聖の名前だ。彼は中原国の医療の始祖と呼ばれ、その技術と人徳を崇《あが》められていた。王侯も庶民も分け隔てなく治療し、一升の米以外の代金を求めなかったことでも知られる。清貧の中、医療を施し続けた彼は、有名な言葉を残している。
一、医術を教えてくれた師を実の親のように敬い、自らの財産を与え、助けるべし。
二、師の子孫を自身の兄弟のように扱い、彼らが学ばんとすれば無償で技を教えるべし。

三、学び得た技術を惜しむことなく弟子に教えるべし。私欲によって秘匿することは許されない。
四、自身の能力と道徳に従い、患者に利する治療法を選択し、害となる治療法を施してはならない。
五、依頼されても人を殺す薬は与えてはならない。同様に堕胎薬も処方してはならない。
六、どのような身分のものにも分け隔てなく医療を施し、不正を働いてはならない。
七、医に関することに拘わらず他人の秘密を守ること。

これらが有名な志士仲の誓いの全文である。一〇〇〇年以上も昔の医師が残した訓戒であるが、今の時代にも有益な言葉であった。ちなみにほぼ同様の誓いが白蓮の国にもあるらしく、ヒポクラテスの誓いという。賢者は同じ道を辿るものなのだろう。

香蘭は志士仲にもヒポクラテスにもあやかりたかった。彼らの万分の一でも仁の心を学べれば医者として成長できると思ったのだ。香蘭は大きくため息をつくと、霍家のものを治療することを誓う。

「六、どのような身分のものにも分け隔てなく医療を施し、不正を働いてはならない」

たとえ自分を誘拐したものでも患者は患者。ましてや霍家のものたちは根は善良なのだ。治療を断る理由はなかった。

「……分かりました。ここで施せる医療には限界がありますが、医者としての務めは果たします」

その言葉を聞いた霍家のものたちはこのように漏らす。

「事前調査したとおりお人好しだ」

その通りですよ、とため息をつくと、まずは痔の患者を診る。

彼は恥ずかしそうに尻を突き出してくるが、香蘭は真面目に診察する。

冷静に俯瞰《ふかん》してその光景を見ると間抜けだ。

頰を染めるごつい武将、冷静に診察をする誘拐されてきた娘。

近来にない喜劇的な光景だが、香蘭は気にせず武将の肛門《こうもん》を観察した。

イボ痔であった。

誘拐されてきたときに持っていた道具箱から軟膏《なんこう》を取り出し塗りたくる。幸いと出来物は小さかったので薬で治すことが出来るだろう。それで治らないようならば切除するまでであった。

イボ痔の診療を終えると水虫の患者。これも軟膏で治療する。患部を拭って清潔にした後、陽家伝来の水虫薬をこれでもかと塗りたくり、出来るだけ患部を綺麗に洗い、よく乾燥させるように指導した。

ものもらいの患者には目薬を差す。出来ればしばらく目の清潔を保ってほしかったが、彼はもう一方の目が義眼なので患部を眼帯で覆ってしまえば生活に支障をきたす。なので不潔な手で目を触らないこと、一日三回必ず薬を点眼することなどの注意点を言い渡し、多めの目薬を処方した。

このようにしてこの場にいた武将たちを治療すると、その噂は霍家中に響き渡る。他の隠れ家に潜伏していた霍家の将兵たちが集まり、賑わいを見せるようになる。ときには隠れ家の外にも行列が出来るほどだった。

その光景を見て自分の腕もなかなかのものだ、と感慨に浸るが、それと同時に霍家の人々の危機管理能力のなさにも呆れる。

「このような呑気な誘拐犯は初めて見た」

なんとも言えない気分になるが、建設的に考えることにする。

「ここまで間抜けならばすぐに白蓮殿に居場所も知れよう。さすればあの薄情者でも助けに来てくれるに違いない」

†

「なぜ、俺があの小娘を助けなければいけないのだ」

それが白蓮の第一声だった。

質問をした陸晋少年はさすがにたじろぐ。

「しかし香蘭さんは先生の大切な弟子ではありませんか」

「大切な弟子ならばこのようなときに師匠の心をかき乱さないでほしいね」

そのように言うと白蓮は陸晋に書類を差し出す。

「これは？」

「先日、ようやく霍星雲の診断が出来た。そのときに書いた診断書《カルテ》だ」

「先生は僕に学習障害があるのを知っているでしょう」

「そうだった。優秀で頭がいいが、文字が反転して見えるのだったな」

ならば口で伝えてやる、と白蓮は言う。

「霍星雲は癌だ。それもかなり進行している」

「助かる見込みはないのですか？」

「五分五分といったところだ。この国の医者ならば助けることは出来ない」

「神医白蓮でも半分の確率なのですか……」

「肝硬変が進行して、肝臓癌になっている。――幸いまだ他の臓器に転移はしていないようだが」

「肝臓癌……、厄介ですね」

肝臓癌の患者を何人も診てきた陸晋は率直な感想を述べる。肝臓を癌細胞に冒されたものは大抵死ぬ。白蓮の技術を以てしても救えない患者が多かったし、仮に手術が成功したとしても長生きするのは難しい。

「今回は恐れ多くも天子様の命令で一ヶ月は生かせ、とのことだが、それすらも難しいかもな」

「先生……」

陸晋は白蓮の瞳をまっすぐに見つめる。なにが言いたいのか分かった白蓮は機先を制す。

「駄目だ。俺はどのような命も粗末にはしない。一度やると決めた以上、患者の命を救い、一日でも長く命脈を保たせるのが俺の信念だ」

「しかし、手術に成功しても霍星雲様は死刑になってしまうのでしょう？　朝臣たちの妬みと嫉みによって無実の罪を着せられてしまうのでしょう」

「ああ」

「死刑台に立たされると分かって治療するのは道義に反しないのでしょうか」

「陸晋、遊戯《ゲーム》をしていいか？　言葉遊びだ」

陸晋はこんなときに、と思ったが、白蓮の性格を熟知していたのでうなずく。

「おまえは自分の国の指導者を決められる。この国を託す丞相を決める権利を持っている。誰にする？」

「先生の国の民主主義みたいですね」

白蓮は「そうだな」とうなずくと説明を始める。

「一人目は生まれついての貴族で傲慢な性格、さらに大商人から賄賂を貰っており、ヘビー・スモーカーどころかチェイン・スモーカーで、妻以外の女性と寝所を共にする政治家だ。二人目は庶民の出身で生真面目で勤勉な性格、賄賂をなによりも嫌っており、質素な生活をし、煙草《たばこ》も吸わず、真摯に女性を愛し、犬好きな政治家。どっちを丞相にしたい？」

「そんなの後者に決まっています」

「だよな。しかし後者の正体はファシズムの申し子、チョビ髭独裁者だ」

「誰ですか、それは」

「二〇世紀最大の極悪人。何千万人も殺した政治家だ」

「な、何千万人……」

「ちなみに、前者はその悪に毅然と立ち向かった英国という国の宰相だ」

「政治家としての能力を人となりで判断してはいけないということですか？」

「だな。俗物のほうが政治に向いていることもある。しかしまあ何千万人も殺した俗物も存在する。俺が何を言いたいのかといえば霍星雲が善人でも悪人でもどうでもいいということだ。たとえば俺がとある少年を救ったとしよう。そのものが将来、悪の権化のような男に成長したらどうする？　この中原国の人民を何百万人も殺すような政治家になったらどうする？」

「……とても厭です」

「逆に俺が救った命が、将来、中原国の人々に幸せをもたらすかもしれない。画期的な薬を開発して何百万人もの命を救うかもしれない。すべては『かも』だが、医者は未来を見通す力を持っていない以上、人の命を選別してはいけないんだ」

「……分かりました。以後、先生の行動を非難するような発言は慎みます」

「別になんとでも言ってくれていいさ。おまえは〝あの〟馬鹿弟子と違って、反目しても俺に従ってくれる」

「僕の命は先生のものですから。あの日、救っていただいたときから」

陸晋はまぶたを閉じ、〝あの日〟を思い出す。白蓮も出会った当時のことを思い出すが、過去に浸るのは目の前の懸案を片付けてからにしたかった。白蓮は陸晋に命じる。

「一日でも早く、霍星雲の手術をしたいが、その前に彼の身内を調べてくれ。父親――は確実に他界しているだろうが、兄弟や子供はいるはず」

「分かりました。三日、いえ、二日以内に調べ上げてみせます」

「頼もしい。それと〝ついで〟に香蘭の居場所も調べてくれ」

「え――」

「霍星雲の手術は大手術になる。手足となる助手がいるに越したことはない」

そのような言い訳を述べるが、明らかに照れ隠しである。それを察した陸晋は軽く表情を和ませる。

「分かりました。〝ついで〟に香蘭さんの居場所を調べておきます」

そのように復唱すると〝真っ先〟に香蘭の居場所を調べに走った。

†

香蘭が誘拐されてから一週間目、日々、誘拐犯たちの診療に明け暮れるが、ある日、粗暴な扱いを受ける。食事を持ってきた兵士が襲い掛かってきたのだ。

いきなり短刀を抜き放ってきた兵士に、武芸の心得がない香蘭は非命に散る――ことはなかった。別の兵士が助けに入ってくれたのだ。命を救われた香蘭は事情を尋ねる。

「賓客として遇してくれているかと思ったのだが」

助けに入ってくれた若い兵士は申し訳なさそうに言う。

「無論です。我ら霍家本流はすべてあなたの味方です」

「支流は違うということかな」

「……はい、残念ながら」

話を聞けば霍家も一枚岩ではないらしい。本流である彼らは霍星雲の生存をなによりも願っているのだが、一部に強硬派がいるらしい。彼らは霍星雲の意思をなによりも尊重していた。

「つまり支流は霍星雲様の殉死を望んでいるのか」

「そうです。死して護国の鬼となるように望んでいる連中です。──霍星雲様が亡くなれば佞臣たちが喜ぶだけだというのに」

「その通りだと思う。死の先にはなにもない。生きて本懐を遂げるべきだ」

そのように意気投合すると、護衛の兵士と仲良くなる。彼だけは健康で治療をすることはなかったが、専属の見張りとして親交を結ぶことになる。くだらない世間話をしたり、宮廷の政治について語り合ったりした。歳も近く、お互い妙に馬が合った。

このように霍家のものたちと過ごす時間は、香蘭にとってある意味、充実した日々であった。

香蘭は兵士の尻を凝視する。

先日のイボ痔の患者の容態を見ているのだが、芳しくない。

「これは手術が必要かな」

と患者に告げると顔を青ざめさせる。婦女子に尻の穴を見られるのは慣れたが、短刀を入れられるのは抵抗があるのだろう。「厭だ、厭だ」と喚《わめ》くが、屈強な兵士たちに手足を押さえさせると手術をする。イボ痔とて細菌感染して敗血症にでもなれば死を免れぬこともあるのだ。

一刻ほど掛けて手術を行うと嘘のように痛みは引き、兵士は驚く。感激のあまり、香蘭の手を握りしめる。義手からも熱情を感じられるほどの握手であったが、健常な左手がとても馬鹿力だった。それにとてもゴツゴツしている。霍家のものは皆そうだが、普段から槍を振るっているため手に槍だこが出来ているのだ。

午前のうちにもう一件手術を行うと、遅い朝食を食べる。一息つきながら朝がゆを胃に流し込むが、とても美味かった。霍家の料理番が丹精込めて作ってくれたからだ。揚げた煎餅が入っているのだが、それが食欲をそそる。なんでも煎餅に昆布の粉末をまぶすのがコツらしい。

「帰ったら陸晋に教えてやらねば」

朝がゆの作り方を詳しく聞き取るが、途中、沈黙する。

「…………」

馴染んでしまっていることに気がついたからだ。

なんの違和感もなく医者として日々を過ごしていることに愕然とする。

ぶるんぶるんと首を横に振ると香蘭は心を入れ替える。

「駄目だ駄目だ。わたしは見習いとはいえ宮廷医。それに白蓮診療所の医者なのだ」

ここでも医療は施せるが、香蘭の帰還を心待ちにしている患者もいるはずであった。例えばであるが、今、白蓮診療所に入院している患者に小さな女の子がいる。地方の貴族の娘さんだが、人見知りで香蘭以外にはなつかない。とても食が細い子で香蘭が与える食べ物以外口を付けないのだ。陸晋がとても難儀している姿が目に浮かぶ。それと白蓮が無理矢理点滴で栄養を取らせている姿も。

他にも女である香蘭以外には肌をさらしません、という女官も入院しており、紅一点である香蘭は白蓮診療所にとって必要不可欠な存在になっていた。一刻も早く帰還しなければ困った事態になるだろう。そう思った香蘭は脱出することにした。

きょろきょろと辺りを見回す。

ここは霍家の隠れ家、警備はそれなりに厳重だが、敬意を持って遇されているので、鎖などでは繋がれていない。厠に行くときも見張りは付いてこない。脱出する隙はいくらでもあった。一週間に及ぶ滞在で隠れ家の構造を熟知した香蘭は最適解の順路を思い描く。

（……厠に行く振りをしてひとりの時間を作る。そこで男物の服に着替えて、何食わぬ顔で勝手口に行って見張りの目をすり抜け、そのまま脱出――）

自分でも完璧と思える作戦を練った香蘭は翌日、実行する。この日の午後に実行しなかったのは手術の予定があったからだ。どこまでもお人好しであるが、これぱかりは性分なので仕方なかった。


「抜き足、差し足、忍び足――」

喜劇俳優のような台詞を漏らしながら歩くのは陽香蘭。翌日、脱出を敢行したのだ。脱衣所から男物の服を盗み出すと、厠でそれに着替えて、勝手口から逃亡。見張りは香蘭の必殺技でなんとかした。陸晋から習った白鳥拳《はくちょうけん》で倒したのである。――ごめんなさい。それは嘘で、得意の「天運」で切り抜けた。たまたまそのとき見張りがいなかったのである。どうやら交代時間だったようで。

「日頃の行いかな」

からからと笑うが、白蓮が聞けば「そのうち痛いしっぺ返しを食うぞ」、と皮肉を言うこと必定であった。しかし、だからといって戻ってやり直しをするのは馬鹿者でしかないので、香蘭はそのまま脱出する。いそいそと塀を乗り越えると眼前に広がるは自由の世界――ではなく、握り飯を食べるふたりの兵士だった。

「……塀の外にも見張りはいたのか」

呆《ほう》けたように言うが、見張りたちも呆然としている。ただし、底抜けに間抜けではないようで、香蘭を指さすと、

「人質が逃げているぞ！」

と叫んだ。

馬鹿でかい声であるが、慄《おのの》いたりはしない。この手の荒事に慣れていたからである。こうなれば香蘭に出来るのは逃げの一手のみ。逃げ足の速さを見せつけるだけであった。すたこらさっさと逃げるが、香蘭の足の遅さは天性のもの。あっという間に追いつかれる。しかし香蘭も馬鹿ではないのでこれくらいのことは想定済みだった。白蓮直伝の酢玉を兵士の顔に投げつけるとなんとか逃げ出すことに成功した。

香蘭は息を切らしながら南都の裏路地を歩く。いつもならばここで別の悪漢と出くわすのだが、そのような間抜けな展開にはならなかった。

「これも日頃の行いか」

自慢げに胸を突き出すが、後背に霍家の兵の姿を見つける。やばいと思った香蘭だが、そのとき、香蘭の手を引く人物が――。

「あなたは⁉」

「久しぶりだな、胸なし」

そのものは蟒蛇のように酒を飲む老人だった。

久しぶりの再会なのにとんだご挨拶であるが、この老人は白蓮の飲み仲間、礼節を説くのは無駄なような気がした。ただ、白蓮の友人だけはあり、機転が利いていた。香蘭をさっと酒家に連れて行く。

「若い娘がひとりで酒家に入るとは思わないものだ」

そのような論法で香蘭を匿《かくま》ってくれた。さすがは白蓮の友人、義俠心に満ちていた。香蘭は彼の温情に甘え、しばらく酒家に匿ってもらうことにした。

†

蟒蛇老に連れて行かれた酒家は昼間だというのに繁盛していた。蟒蛇老が香蘭を連れ込むと、常連たちから「若い愛人か」と揶揄《からか》われるが、誰がこんな胸なしをと返す。これだから酔っ払い連中はと思うが、蟒蛇老が「匿え」と言うと彼らは席を移動し、個室の前を塞いでくれた。これで万が一、霍家の連中がやってきても問題なさそうだ。

有り難いと思うが、その代わりとして酌婦まがいのことをさせられる。まあ、お礼だと思って応じるが、小一時間ほど酒臭い男たちの相手をしているとどっと疲れが押し寄せてくる。

「酌婦たちの仕事も大変だ」

ため息混じりに酒家の酌婦たちを見ていると蟒蛇老が「かっか」と笑った。

「水商売ほど楽な職業はない、と馬鹿なことを言うものがおるが、案外、大変だろう」

「はい。医者のほうが楽かもしれません」

「この世界には楽な仕事はないということだな。おれはもう隠居したから気楽なものだが」

「翁《おきな》は商家の御隠居でしたな」

「ああ、そうだ。その前は軍人をしていたが。霍星雲様に仕えていた」

あまりにもあっさりと言うので危うく流しかけてしまったが、言葉の意味に気がつくと驚愕し、身構えてしまう。

「かっかっか、安心しろ。おれは霍家ではない」

「しかし、霍星雲様の部下だったのでしょう？」

「遠い昔の話だ。もう何十年もお会いしていない」

「ならばあの方の生き死にには無関心ということでよろしいですか？」

「まさか。敬愛する将軍様の生き死にに無関心でいられようか。ただ、おまえをだしに使って争いを繰り広げるつもりはない。おまえを救ったのは飲み仲間に対する義理だな」

そう言うと彼は、「付き合え」と清酒の瓶を突き出す。そういえば香蘭は〝彼〟の飲み仲間になったのだった。そのことを思い出した香蘭は素直に盃を受け取る。

「善き善き。素直なことは良いことだ。我が孫の嫁にしてやってもいいぞ」

それは遠慮しておきます、と返答すると香蘭はしばし老人の酒に付き合った。度数の強い酒を三杯ほど飲み干すと老人は孫を見つめるように目を細める。静かな時間が流れるが、やがて老人はぽつりぽつりと語りだす。

「いい飲みっぷりだ。昔を思い出す。北方に赴き北胡と戦争を繰り広げていたあの頃を、霍星雲様と岳配様と共に戦っていたあの頃を――」

老人の目が遠くなる。ここではないどこかに向いている。彼はそのまま誰に語りかけるでもなく、昔話を始めた。

「あれは霍星雲様と岳配様が宮廷の陰謀に巻き込まれる少し前のことだ。霍星雲様も岳配様も中原国にその人ありと謳《うた》われるほどの名将で、ふたりで戦功を分かち合っていた頃の話だ」

ふたりがまだ壮年で官位も低かった頃の話。貴族とはいえ寒門出身のふたりはその能力と功績に見合わぬ扱いを受けていた。

「ただ、ふたりの将軍は中原国の霍岳《かくがく》と呼ばれるほどの存在で、兵士たちの人気が高かった。南都で徴兵され、ふたりの部隊への配属が決まると、周りのものたちに自慢したものじゃ」

懐かしげに当時を語る。この老人にも若かりし頃があったのだ。翁の青春は霍岳将軍たちの黄金期とかぶる。

「当時、血気盛んだったおれはお国のため、両将軍のため、命がけで働き、武勲を重ねた。腕っ節にも自信があったから、とんとん拍子で出世をしてな。おふたりには目を掛けて頂いた。なんの門地もないおれを百人長に取り立ててくださったのが霍星雲様であった」

「岳配様の人となりにも詳しいようですが」

「ああ、まあ、当時のふたりはまさしく水魚の交わりで部隊の境はあってないようなものであったからな」

「本当に兄弟のように仲睦《なかむつ》まじかったのですね」

「そうだな。おふたりは一滴も血が繋がっていなかったが、その絆は兄弟以上であった。岳配様は常日頃から言っていた。俺は星雲のためならばなんでも出来ると」

「事実、岳配様はでっち上げられた罪を引き受け、友に殉じて将軍位を返上されました」

「そうだ。刎頸《ふんけい》の交わりとはあのおふたりを指す」

刎頸の交わりとは「友のためならば自分の首を斬られても後悔はない」という故事だ。岳配は文字通り己の首を差し出し、友を守った。

「丞相一派に難癖をつけられたとき、岳配様は友のために武人の道を諦めた。誰しにも出来ることではない」

「そうですね。しかし、霍星雲様も同じことが出来るのでは？」

何気なく言った言葉であるが、老人はかぶりを振る。

「いいや、それは出来ない」

「え」

驚く香蘭に老人は説明する。

「それは霍星雲様に友誼《ゆうぎ》の心が無いからではない。霍星雲様にはそれ以上の志があるからだ。霍星雲様は幼き頃に誓ったのだ。この国に一生を捧げると。天子様をお守りし、夷狄《いてき》から民を守ると星雲に誓ったのだ。だからどちらかが身代わりにならなければいけなかったあのとき、霍星雲様はなにもしなかった。友が名乗り出るのを待っていたのだ」

「………」

「不服そうな顔だな」

「いえ、そのようなことは」

「嘘をつけ、ふたりの友誼とは所詮その程度のものか、とその顔に書いてあるぞ」

心に思っていることが顔に出やすい香蘭、隠せないと悟ったので正直に口にする。

「はい。思いました。わたしは岳配様の部下であり、霍星雲様の人となりも知っている。だからこそ思ってしまいました。おふたりの友誼とはその程度なのかと。互いに互いをかばい合った末に岳配様が貧乏くじを引いたのかと思っていた。――正直、霍星雲様は冷たい」

「それは違う。おふたりの関係はそのような浅はかなものではない。我々のような凡人では量れぬご関係だ。友誼などという言葉では生ぬるいほどの絆で結ばれている」

老人はそのように断言すると、霍星雲のことを語る。

「岳配様が将軍位を返上したあの日、霍星雲様は泣いておられた。全身に矢が突き刺さっても、戦場で御子息が戦死なさっても泣かなかったあの方が涙を流されてこう言ったのだ」

幼き頃、腹が減ったわしらは地主の飼っている豚を盗んで食べた。すぐに露見し、岳配だけが捕まり鞭打ちにされたが、岳配はついぞわしの名を出さなかった――わしに腹を空《す》かせた兄弟がいることを知っていたからだ。

若き頃、ふたりで商売を始めた。わしは儲《もう》けを少しだけ多く懐に入れた。岳配は見て見ぬふりをしてくれた――わしの家が彼の家よりも貧しかったからだ。

兵士になった頃、わしは敵前で三回も逃亡したが、岳配はわしを臆病者と罵らなかった――わしに年老いた母親がいることを知っていたからだ。

丞相一派の機嫌を損ね、無実の罪を着せられたとき、岳配は黙ってその罪を一身に引き受けてくれた。——岳配はわしの志を知ってくれていたからだ。

「このわしをこの世界に産んでくれたのは父母であるが、岳配は父母以上にわしを知ってくれている」

「霍星雲様はそのように仰り、慟哭《どうこく》された。誰よりも自分という人間を理解してくれているのが岳配様であり、その気持ちに報いるのが友として正しい道だと思っておられたのだ」

「岳配様の気持ち——」

「そうだ。霍星雲様は破軍の星のもとにお生まれになった」

破軍の星とは敵軍を打ち破る才能を持ったもののことを指す。この宿星を持った武将は難敵に打ち勝ち、国難を取り除くことが出来る。事実、この国は霍星雲によって何度も救われた。もしも霍星雲という将軍がいなければ、とっくに南都は北胡に占領されていたことだろう。幼き頃より霍星雲の才能を知っていた岳配は、常に彼に味方し、その志を支えてきたのだ。誰よりも霍星雲という軍人の志と才能を高く買っていたのが、岳配であった。

「その岳配様が霍星雲様を見捨てられる——。その命をあえて散らそうとしているのは、最期の最期まで霍星雲様の志を大切にするためだ」

老人は断言する。

「霍星雲様は私欲を持たず、ただただ国家に忠誠を捧げられてきた。僅かでも欲望を持てば宮廷では生きられないと思っておられたのだろう。不器用な自分が伏魔殿のような宮廷で生き延びるには、私欲を捨て、ただただ清廉に生きるしかないと思われたのだろう。事実、それによって霍星雲様は政争に巻き込まれても生き延びることが出来た。あのお歳まで前線でご活躍できたのはそのおかげ」

「ゆえに最期の最期まで我欲を持たず、ただただ国家のために命を捧げるのですね」

「そうだ。霍星雲様の実力ならば謀反を起こし、宮廷の佞臣どもを一掃することも出来る。しかし、そのようなことはなさらない。そのようなことをすれば国力が弱まり、北胡を利するからだ」

「最期はあえて汚名を受けるおつもりなんですね」

「そうだ。病身の自分はこれ以上国の役に立てないと思っておられるのだろう。だから霍星雲様はなんの抵抗もされないのだろう」

「そのことを誰よりも知っている岳配様は友のために友を殺す道を選ぶ、と」

「そうだ。政争の末に処刑されたとあっては後に続くものの士気に関わる。この中原国の鼎《かなえ》の軽重が問われる。だからこそ病死を選ばれたのだ」

「……わたしは、わたしと師がやっていることは悪徳なのでしょうか。おふたりのお心に背く行為なのでしょうか？」

香蘭は死を覚悟し、受け入れようとしている人たちを惑わしているのだろうか。大局的な視点から見れば国益にさえ反しているのだろうか。自分たちの主義主張を押しつけるだけの自分勝手な人間――。葛藤せざるを得ないが、老人はその答えを持っていないようだ。

「分からない。おれにもどうすればいいかなど分からない。そもそもおれはそんなおふたりを見捨て、商人になったのだ。今さら忠臣を気取ることなど出来ない」

「ならばなぜこのようなお話を」

「分からん。おまえならばなにか違う道を用意できるかもと思ったのだ。破軍の星の死に意味を持たせられるかもしれないと思ったのだ」

「李墨様と同じようなことを……」

ふたりの男は香蘭のことを高く買ってくれているようだが、それは見当違いだ。香蘭の指は短く、不器用だ。霍星雲の病を治すことは出来ない。その魂を安らかにすることなど出来ない。ただただ自分の力のなさを嘆くが、老人は顔を険しくさせる。最初は、香蘭のあまりの情けなさに腹を立てているのかと思ったが、違った。

個室の席を塞いでくれていた飲み仲間から報告が届く。ふたりはなにやら相談を始める。ただごとではないと思ったが、その通りだった。

仲間の話を聞き終えた老人は、瞑想《めいそう》するかのようにゆっくりと目を瞑ると言った。

「——運命とはあるものなのだな。どうやらこの酒家に霍星雲様の命運を握る人物が来ているようだぞ」

「命運を握る人物」

この思慮深い老人が言うのならば重要な人物なのだろう。そのものの名を尋ねる。蟒蛇老は悠然と言い放った。

「霍淮南《わいなん》、霍星雲様のたったひとりの御子息だ」

†

名将霍星雲には五人の子供がいた。皆、才気《さいき》煥発《かんぱつ》の英才揃いで、すべての子供が科挙に合格する学力を持っていたというが、全員、軍籍に入った。皆が皆、英雄、霍星雲の武勇譚《ぶゆうたん》に憧れ、父のような武人になりたがったのだ。

霍星雲はそんな息子たちを取り立てることなく、十人長から軍人生活を始めさせた。しかも自分や知己の将軍には預けず、なんの縁故もない将軍のもとで軍歴を開始させた。自分や岳配が十人長から始めたのだから、と同じ道を歩ませたのだ。息子たちも父の気持ちを理解し、皆、望んで前線で戦い続けた。

最初に戦死を遂げたのは四男であった。彼は北胡の騎馬兵と勇敢に戦い果てた。全身に三〇余の傷を負い、敵兵を五人道づれにしたという。

次に戦死をしたのは三男であった。彼は南方の戦役で死んだ。南蛮との戦いで病に倒れたのだ。半ば補給路を断たれた上での餓死だったらしいが、最後まで現地の住民から略奪をすることはなかったという。

その次に死んだのは次男であった。彼は不正を働いていた上官を告発し、翌日、赤河に浮かんだ。上官は名門貴族の子息で、霍星雲と敵対するものであった。無念の死であったが、彼の遺書はそのことに一言も触れていなかった。父の政治的立場を慮ってのことであった。

そして最後に死んだのが長男。彼は順調に出世を重ね、将軍位を得た。父と共闘できるほどまでの軍人となり、先日、見事に果てた。西皮攻略戦の前哨戦《ぜんしょうせん》で追い詰められた霍家を救うため、戦死したのだ。

苛烈にして忠烈な一族の死に様を聞いた香蘭は心を震わせるが、ひとり、登場しない人物に気がつく。霍星雲の五男である。蟒蛇老は霍一族の武功をとくと語るが、五男については一切触れなかった。そのことを指摘すると老人は、

「当然じゃ」

と言う。

「霍星雲の五男は出がらしだからな」

「出がらし……」

「そうだ。上の四人は出色の出来だが、末子の霍淮南はくずだ」

「なにもそこまで言わなくても」

「言わないでいられるか。武人としての本懐を遂げた兄たちとは違い、淮南は途中で逃げ出したのだ。ただひとり、御父上《おちちうえ》の部隊に配属されたにもかかわらず、やつは敵前逃亡をし、御父上の名を辱めた」

「なんと。しかし、そのような人物がなぜこの安酒場に」

「それはおれが呼んだからだ」

「翁が。なぜ、今さら。話を聞けば彼は父親にも勘当されているのでしょう」

「そうだ。しかし今はやつが必要なのだ」

「死ぬ前に父子を和解させるつもりですか」

「まさか、そんな感傷的な趣味はないよ。これは白蓮の依頼じゃ」

「我が師の？」

「霍星雲様は肝臓を病んでおられる。霍星雲様を救うには肝臓を移植するしかないそうじゃ」

「肝移植！　なるほど、たしかに肝臓を移植するならば身内のほうがいい」

「移植はなにものでも出来るわけではないらしいな。家族ならば拒絶反応というものが少なくなるそうな」

「はい、その通りです。そうか、ゆえに淮南殿を探し出し、ここに呼んだのですね」

「その通りだ。最後の御奉公だよ。家業が傾くほど金を掛けた。もしもこれから会う淮南殿が本物ならば金子一〇〇枚を支払って肝臓を貰い受ける」

「な、実の親を救うのに金子一〇〇枚も」

「当然じゃろう。やつは敵前逃亡をするような男だぞ」

「たしかにそれはそうですが。……ちなみにご本人は納得しているのですか？」

「いや、まだ話していない。しかしちょうどいい。〝いんふぉーむど・こんせんと〟なるものをやつに話してやってくれ」

「わたし頼みってことですか」

「おれは医者じゃないからな」

　たしかに商家のご隠居である翁が話すよりも説得力がありそうだが、いきなり振られても……と思ってしまう。しかし、断る理由はなかった。霍星雲を救うにはそれしか方法はないのだ。

「……〝魂〟を救う方法は追々考える」

口の中でそのように漏らすと、香蘭は霍淮南と面会することにした。

奥の間までやってきた青年、それが霍星雲の息子、霍淮南であった。

一目で親子だと分かる――ことはなかった。

正直、あまり似ていない。霍星雲は花崗岩《かこうがん》を煮詰めて槍でくり貫いたかのような威風を持っていたが、この男から武の成分は見いだせない。大路の脇で品物を並べて小商いをしているのが似合いそうな貧相な男だった。

しかし、人を見た目で判断してはいけない。蟒蛇老に視線を送る。

(……この男はたしかに霍星雲様のご子息なのですか?)

と――。

蟒蛇老はかすかに首を横に振る。

(わしに分かるわけがない。淮南と会ったのは数度のみ。そのときから小生意気な男で記憶に留めたくないほどの小人物だった)

(……つまり、この人物の真贋《しんがん》もわたし任せということか)

淮南は霍星雲の息子、健康な身体を持っているようだし、肝臓を貰うには適切な相手だ。幸いにも肝臓は一部を切り取っても死に至ることはない。相手に譲り渡すことが出来る臓器だという。

もっとも拒絶反応というものがあって、誰かれ構わず移植できるものではない。血縁ならば拒絶反応の可能性が低まるというだけである。白蓮としてはそれに賭ける気なのだろう。弟子の香蘭はその賭けを成立させるのが使命であるようだ。

香蘭は淮南が血縁であるか調べるため、質問をする。

――その前に握手。

「………………」

怪訝《けげん》な顔をする淮南。

「これは？」

「〝しぇいくはんど〟です。我が師の故郷の挨拶。白蓮診療所の医師は皆、行います」

奇っ怪な、と言いながらも握手に応じてくれる。この取引には金子が一〇〇枚も掛かっているのだから、といった態であるが、男の手を握ると香蘭はとあることに気がつく。

「……この手は」

それだけで〝すべて〟を察した香蘭であるが、質問を続ける。

「あなたは名将霍星雲様の御子息、霍淮南様でよろしいですか」

「ああ、もちろん」

「本物ですか？」

「本物だよ」

「それでは本物の淮南殿にしか答えられない質問をいくつか」

蟒蛇老のほうを見たのはその質問を彼に託すためだ。香蘭は淮南についてなにも知らないのである。蟒蛇老は彼の出生地、出生日、母親の名前、駆り出された戦場の名前を聞き出す。淮南とおぼしき青年はよどみなく答える。怪しいところは一切なかった。いや、ただひとつ霍星雲の持っている名槍《めいそう》の名前を間違えたが。

出資者である蟒蛇老は眉をひそめたが、香蘭が擁護する。

「一字一句間違えないほうが怪しいですよ」

「それもそうか」

納得する蟒蛇老、それを見た淮南は商談を切り出す。

「肝の臓の一部を親父に譲れば金子一〇〇枚をくれるとのことだが」

「ああ、そうだ」

「肝の臓を渡したら死んでしまわないのか？」

「肝臓はとても復元力が高い臓器で、一部を切り取ってもまた復元するんです」

「そうなのか……」

「はい。だからあなたに害が及ぶことはない。ただし、しばらくは食生活に気をつけて貰いますが。酒は御法度です」

「金子一〇〇枚くれるならば断酒するよ――よし、いいだろう。早くさばいてくれ」

気が早い淮南は腹を見せるが、ここで手術は行えない。道具も設備もないからだ。

「なんだ。しかし、親父には会わないぞ。これは条件だ」

「和解する気はないと」

「ないね」

「あと、金は先払いだ。おれの家族に届けてくれ」

これについては出資者である蟒蛇老次第であるが、彼はすぐにうなずく。いつの間にかやってきていた使用人に金を送るように指示している。

「よし。決まったな。じゃあ、さっそく腹をかっさばいて貰おうか」

ずいぶんと肝が据わった男である。死ぬのが厭で軍隊から逃げ出したと聞いていたが、このような度胸があるのにどうして逃亡したのだろうか、と蟒蛇老は訝《いぶか》しむ。翁もそこに気がついたか、そう思った香蘭は彼に耳打ちする。すると彼は「なんと」と眉をつり上げる。次いで淮南とおぼしきものを凝視するが、香蘭はさらに耳打ちする。

「今は怒っている暇はありません。いえ、怒る必要などないかと。このものはわたしに素晴らしい知恵を授けてくれました」

「なんじゃと」

「霍星雲様の肉体は救えなくても魂は救えるかもしれません」

その秘策を翁に話すが、彼は半信半疑だった。香蘭の策に同調するか、悩む。翁が決めあぐねていると酒家の扉を開け放つものが現れる。蟒蛇老の使用人だ。彼は大声で事態の急変を知らせる。

「旦那様、大変でございます！　白蓮殿がなにものかに襲撃を受けています」

「な、なんじゃと⁉」

「なんだって⁉」

蟒蛇老も香蘭も驚愕する。襲撃者が誰であるか尋ねると、意外な言葉が返ってくる。

「霍家のものです」

「そんな馬鹿な。彼らは霍星雲様の生を望んでいるのに」

蟒蛇老が説明をする。

「それはおまえを誘拐した一派だろう。霍家とはいえ、一枚岩ではない。霍星雲様の命を救い宮廷に一矢報いることを願う一派がいると同時に、霍星雲様の御心に沿って名誉ある病死を望むものもいる」

「後者が白蓮殿を襲撃しているというわけですね」

「そういうことじゃ」

「仲間同士で争うなんて孫管の思うつぼではないか」

「その通りじゃな」

ふたりで呆れてしまうが、だからといってこのままにしておくことは出来ない。事態を打開すべく、香蘭は動き始める。蟒蛇老に背を向ける香蘭。

「香蘭よ、どこに行く気だ？」

「事態の解決を図るべく、助力を得に行きます」

「どこに？」

「毒をもって毒を制す——いや、昨日の敵は今日の友」

香蘭はにこりと微笑むと勢いよく酒家を飛び出した。

†

飲み仲間である蟒蛇老から霍准南確保のめどが立ったと聞いた白蓮は、陸晋に準備をさせ、霍星雲の軟禁場所に向かう準備をさせる。手術道具の過半はすでに送ってあるから、白蓮の身支度のみをすればよかった。陸晋は無言で支度を手伝うが、やはり気になってしまったので尋ねる。

「先生、霍星雲様が軟禁されている屋敷ですが、危険ではないのですか」

「どうしてそう思う？」

「神医白蓮が診療のために出入りしているという噂が南都中に広まっています。そろそろ反目する勢力に狙われてもおかしくないかと」

「慧眼だな。無論、俺も察しているから、孫管に護衛を頼んでおいた」

「軍務省尚書令・孫管。霍星雲様の政敵、霍星雲様を妬む佞臣」

「だが権力を持っており、兵権も持っている。俺をこき使おうというのだから護衛くらい要求しても構わないだろう」

「はい。しかし、本当にこれでいいのでしょうか？　霍星雲様の命を繋げればその佞臣が喜ぶだけなのでは」

「今さら言っても始まるまい」

冷酷に言い放つ白蓮だが、陸晋が着物を羽織らせると彼を安心させるために言葉を掛ける。

「安心しろ。この診療所が昔のままならば前と同じ結果になった。宮廷の醜さと面倒くささに嫌気が差して俺は出奔することになっただろう。しかし、今回はそうはならない。昔とは大きく変わっているところがあるからだ」

「香蘭さんの存在ですか？」

「そうだ。よくも悪くもあの娘は場を乱す問題児だ。しかし、不思議と最後は丸くことを収めてしまう。最適解ではないが、最善の答えを用意し、周囲のものの気持ちを変えてしまうのだ」

「今回も彼女の人徳が善い結末をもたらす、と――」

「善い結末かは分からん。しかし、俺とは違った結末を描くだろう。だからあの娘を側に置き、好き勝手にさせているのだ」

「違った結末……」

「そうだ。今回もそれに期待している。そして俺はそれに見合う給金をやつに払っている」

「それ以上の借金も背負わせていますが」

「それはやつの不徳だよ」

「僕の予感だと香蘭さんの借金はどんどん増えていくような気がします」

「いいところを突いているな。今回の一件でもまた借金をこしらえてくるような気がする」

ふたりは顔を見合わせて香蘭の馬鹿正直さに苦笑を漏らすが、和やかな空気はすぐに消し飛ぶ。霍星雲の従者から連絡が入ったからだ。

「旦那様の容態が思わしくありません」

白蓮は陸晋に用意を急がせると、馬車に飛び乗り、霍星雲のもとへ向かった。

——その道中で霍家の一派に襲撃を受けることになる。

霍家殉死派という名称は本人たちが名乗ったものではない。敵対する勢力が便宜上使い出した言葉であるが、彼らの目的を的確に表している。霍家殉死派の目的は、主の望みを叶えること、つまり霍星雲を病死させることと、国家に殉じさせることであった。そのためならば流血を厭わないという過激な考えの集団で、香蘭を誘拐した一派とは一線を画していた。

事実彼らは白蓮を護衛する軍隊に斬り掛かる。

ずしゃり、と倒れ込む先頭の護衛。襲撃を予期し、重装備をしていたので死は免れたが、一撃で戦闘不能になってしまった。

霍家殉死派の目的は霍星雲の名誉を守ること。朝臣を殺して朝敵の汚名を受けるのをなによりも恐れる彼らは極力人死にを避ける。一方、白蓮の護衛兵に恐れるものはなにもない。彼らは勅命により白蓮を護衛している。襲撃者に手加減をする理由などなかった。

「捕縛する必要もない。皆殺しにせよ」

と剣を振るう。

こうして流血が拡大する。白蓮を護衛する兵たちは南都で警備を担当する検非府の役人で戦場に立ったことがないものばかり。一方、霍家殉死派は歴戦の強者《つわもの》。主のためなら死をも厭わない強兵だった。本来ならば殉死派が圧勝するはずであったが、不殺という枷《かせ》を自らはめている以上、思うように戦場を支配できなかった。攻防は一進一退を繰り返したが、半刻経過すると殉死派のひとりが白蓮の駕籠《かご》に到達する。

そのまま駕籠を槍で突き刺したい衝動に兵士は駆られたが、霍家は義と信を重んじる武俠集団、医者を殺して主の名を貶《おとし》めるつもりは毛頭なかった。

「腕を折る程度に止めねば」

駕籠の御簾《みす》を取り払いながらそのように言い放つが、白蓮の腕を折ることは出来なかった。なぜならば駕籠の中にいたのは別人だったからである。

「お、おまえは……」

駕籠の中にいたのは少女のように可愛らしい少年だった。彼はにこりと微笑む。

「残念でした。先生は物乞いに扮《ふん》して貧民街の裏路地にいます」

「く、くそ、俺たちは謀られたのか」

「そういうことです」

兵士は激するが、陸晋に八つ当たりをすることはなかった。それどころか、「もはやこれまで」とその場に座り込むと、鎧《よろい》を脱ぎ始める。

「なにをされるのですか？」

「この上は腹をかっさばく」

「切腹する気ですか」

「ああ、東夷の風習だが、霍家の名を後世に伝えるにはそれしかあるまい。殉死派二八名の義士の名を後世まで轟《とどろ》かせる！」

「そのような理由で腹を切るなど」

呆れ果てる陸晋であるが、武人の気持ちは武人にしか分からない。止める手段もない陸晋は彼らが腹を切るのを見ているしかなかったが、彼らがそうすることはなかった。無意味な死を許さない娘が現れたからだ。彼女は到着するや、正義感に満ちた言葉を発する。

「双方、剣を収めよ！」

剣姫のような凜々《りり》しい声を発したのは陸晋のよく知る人であった。毎朝、顔を合わせ、共に医療に従事し、同じ師に仕える仲間。見習い宮廷医、陽香蘭その人だった。彼女は数百名の兵士を引き連れ、この場を包囲していた。

「な、なんて数だ」

現れた軍勢に驚愕したのは護衛兵を率いる指揮官。殉死派を斬り殺そうとしていた手が止まる。あまりの数に圧倒されたこともあるが、香蘭が猛々しく言い放った言葉も彼らに掣肘を加えたのだ。

「今、この場より動いたものには一〇〇の矢を喰らわす。脅しではないぞ！」

そのように言い放つと香蘭の横にいた武人が矢を放つ。強弓から放たれた矢は指揮官の足元の地面に突き刺さった。

「こ、このような数の兵士をどうやって集めた」

「痔の治療をしたり、水虫を治したりしたからです」

香蘭と共に来たのは霍家の本流たち。香蘭を誘拐した一派だった。なんと香蘭は自分を誘拐した霍家のものたちを手なずけたのだ。酒家から隠れ家に戻ると、彼らの長《おさ》を説得し、ここに連れてきたのである。まさしく天性の人たらしであった。

「いや、それだけじゃこの数は説明できない。──南都の正規兵もいるぞ」

指揮官は独語するが、それについて香蘭は答えない。代わりに答えたのは白い髭を蓄えた偉丈夫だった。官服の上から鎧を纏った老人、先ほど強弓を放った武人はこのように主張する。

「宮廷医の娘、陽香蘭は稀代《きたい》の人たらしだ。友を殺す決意を固めていた内侍省東宮府から兵を借りるなど容易い」

「な、内侍省東宮府だと。──しかもあなたは」

驚愕する指揮官に老人は答える。

「うむ、我は内侍省東宮府長史岳配である」

「あなた様は孫管様と同じく霍星雲の死を望んでいるはずでは」

「ああ、そうだ。今もそれは変わらない。しかし、わしが望んでいるのは肉体の死だ。魂の死は望んでいない」

「意味が分かりません」

「だろうな。孫管の犬には理解できまい」

侮蔑の感情を隠さない岳配。

「おまえたちに説明しても仕方ない。理解できないのだから。わしが陽香蘭という娘を信じていることだけを覚えておけばいい」

「その娘は白蓮の弟子ではないのですか？」

「そうだ。神医白蓮は霍星雲の肉体を救い、その弟子が魂を救う。霍星雲の魂を救うには、やつの愛する〝子供たち〟が死んではならんのだ」

岳配はそう宣言すると弓を引きながら指揮官ににじり寄る。

矢を突きつけると、指揮官に言い放つ。

「引け。孫管の犬よ。さすれば命は助けてやる」

「それは出来ない。このものたちを逃がせば孫管様のお怒りに触れることになる」

「引かねば射殺すぞ」

「やってみよ。俺を射殺せばあなたといえどただではすむまい」

「だろうな。朝廷に弓引く朝敵になってしまうかもしれない」

「なによりも恐ろしいこと」

「だな。しかし、わしが恐ろしいのは友である霍星雲が朝敵になること。わしなどどうでもいい」

冷酷に言い放つと、指揮官の太ももめがけて矢を放つ。

ぐぎゃあ、と顔を歪める指揮官。本当に弓を放つとは思っていなかったのだろう。自分は朝廷に守られている。三品官軍務省尚書令の腹心が殺されるわけがない、と思い込んでいたのだろう。しかし、それは慢心であった。この裂帛の気迫に満ちた老人は、友の魂を救うためならばいくらでも非道なことが出来た。そして陽香蘭が霍星雲の魂を救うと信じていた。

指揮官は地面にのたうち回りながら矢を抜くと、殺意に満ちた言葉を放つ。

「これですむと思うなよ、老いぼれ」

「思っていないさ、主に伝えよ。東宮様はいつか必ずおまえを誅《ちゅう》する、と」

そのようなやり取りをすると指揮官は兵を撤収させた。

こうして霍家殉死派の命は救われた。往来での乱闘劇は死者零で幕を閉じたのである。

あのような大規模な戦闘で死者の数が零というのは有り得ないことであった。香蘭の知謀と度胸のたまものであるが、香蘭はそれを鼻に掛けることなく、白蓮のあとを追う。

霍星雲の最期を〝本当〟の子供たちで看取らせてやりたかったのだ。

霍星雲の軟禁場所で今か今かと老人の到着を待つ白蓮。

†

彼が待ちわびているのは飲み仲間の蟒蛇老だった。彼が霍星雲の息子を連れてきて初めて手術に取りかかれるのだ。霍星雲の肝臓はもはや使い物にならず生体肝移植でしか治すことが出来ないのである。

「息子だからといって適合するわけではないが……」

赤の他人よりは万倍も可能性はある、と蟒蛇老の到着を待ったが、焦《じ》らしに焦らした末、老人はやってくる。

「俺を焦らしていいのは売れっ子の娼妓だけだぞ」

そのようにうそぶくが、蟒蛇老から発せられた言葉を聞くと余裕が消し飛ぶ。

「すまぬ。淮南は連れてこられなかった」

「なんだと⁉　先ほどの伝令の話だと十中八九本人だそうではないか」

「一と二の外れを引いた。おまえの弟子が偽者だと見破ってくれた」

「香蘭が」

「あの娘の眼力はすさまじいな。〝しぇいくはんど〟をしたときの発汗で嘘を見破ったようだ」

「人は嘘をつくと手のひらに汗をかくからな」

「ああ、金子一〇〇枚が掛かった嘘だからな。それと家族の命も。そのものは病気の家族がいてどうしても薬代が必要だったらしい」

「だから偽者の淮南だと名乗り出て肝臓を売ろうとしたのか」

「そうなる。肝っ玉がでかい、一世一代の賭け。危うく騙されるところだった」

「赤の他人の肝臓を移植するところだったというわけか」

「ああ、そうだ」

ちなみに発汗だけでなく、手のひらの〝槍だこ〟も不審に思ったそうな。淮南は軍人に嫌気が差して逃げ出したのにもかかわらず偽者には槍だこがあった。それに不審を抱いたのだ。偽者は南都の兵士だったので常日頃から槍を握っていたのである。

「見事な娘だ。その観察力、師に匹敵する」

「あまり褒めすぎるなよ。すぐに調子に乗る」

「そうしよう。若者の才能を潰すのは趣味じゃない。――しかし、肝心の身内の肝臓が手に入らない。どうすればいいのだろうか？」

「だめもとで他人の肝臓を移植してみる」

「そんな丁半博打《ちょうはんばくち》のような真似をするのか」

「身内でも同じだよ。拒絶反応が出れば死ぬ。この世界にはドナーバンクなんて洒落たものはないからな。どのみち賭けなんだ」

「分の悪い賭けではないのか」

「悪いね。ただし、移植をしなければ確実に死ぬ」

「ならばその賭けに乗るしかないな」

と蟒蛇老は着物を脱ぎ始める。

「なんだ？　俺は爺《じじい》を抱く趣味はないが？」

「こっちも青二才に抱かれる趣味はないわ。肝臓が必要なのだろう。おれのを使え」

「蟒蛇——」

「いきなり肝臓を寄越せと言っても寄越すものはいない。ならばおれのを使え。おっと、爺のはいらんとか言うなよ、今は火急のとき」

「そうだ。老いた肝臓とはいえ貴重だ——分かった」

蟒蛇老の志を察した白蓮は老人の肌に触れるが、それを止めるものが現れる。

「待て、白蓮。同じ爺ならばわしの肝臓のほうが元気だぞ」

声の主に振り返る。そこにいたのは鎧を纏った偉丈夫だった。

「岳配——殿か」

白蓮は老人を見つめる。

「そこのご老体は酒豪らしいな。わしも酒をたしなむが御老体ほどではない。ならばわしの肝臓のほうが健康だ」

「お、お待ちください。あなた様は内侍省東宮府長史ではないですか、腹に刃物を入れるなどとんでもない」

「老い先短い身だ」

「いいえ、これからもこの国の支柱になって貰わなければならないお方。ここはこの老いぼれが」

「いいや、この老いぼれが」

どちらが老いているかの論争を始めるが、とても建設的ではなかった。白蓮はどちらかに決めようとするが、難儀する。両者の主張は共に正しいからだ。

（岳配殿はこの国の支柱、失いたくはない）

肝臓を一部切り取っても死なないが、寿命が延びる行為ではない。健康を損なう可能性がある。一方、蟒蛇老の肝臓は確かに弱っている。肝臓はアルコールを分解する役割を担っているのだ。迷いに迷うが決断をしたのは香蘭だった。遅れてやってきた彼女は毅然と言い放つ。

「岳配様の肝臓を移植してあげてください」

白蓮は香蘭の瞳を見つめると問うた。

「その心は？」

「友情によって適合するかもしれない」

「非科学的だ」

「ならば友の肝臓を身体の中に入れたままあの世に送って差し上げたい」

「なるほど、そういう考え方もあるか」

霍星雲の手術が成功すれば死刑台で死を迎えることになる。そのとき自分の中に友の肝臓があればとても心強いだろう。冥府で鬼と出会っても臆することはないかもしれない。非科学的であるが、そのように思った白蓮は弟子の意見を採用する。

白蓮は岳配を霍星雲の寝台の横に寝かしつけると手術を始めた。

麻酔を施される前に一瞬、ふたりは視線を交差させるが、なにひとつ言葉は交わさなかった。このふたりにはもはや会話など必要ないのである。

ふたりの友誼の厚さを改めて確認した白蓮だが、さらに驚くことになる。

通常、拒絶反応は白血球の型（ＨＬＡ）によって起こるのだが、赤の他人であるふたりのＨＬＡがぴたりと適合したのだ。

半日に亘る移植手術を終えたあとも霍星雲は拒絶反応を起こすことがなかった。

手術を終え、老人とは思えぬ回復力を見せるふたりを見て白蓮は、

「家族の白血球の型が適合する確率は四分の一、赤の他人が適合する確率は万分の一」

と独語するが、香蘭はこのように続ける。

「一方、魂を分かち合った友が適合する可能性は一分の一です」

誇り高げな表情をする香蘭、ナンセンスな上に非科学的であるが、霍星雲と岳配が適合したという事実を鑑《かんが》みると反論することは出来なかった。

白蓮は、

「我を産んだのは父母であるが、我を知るのは友――」

と、ふたりの患者の気持ちを代弁すると、あとをすべて香蘭に託し、診療所に戻った。

後事を託された香蘭は二四時間体制で霍星雲の容態を見守った。


この南都には霍星雲の〝本物〟の五男が生きている。だがもう、香蘭は彼を探すことはなかった。代わりに息子以上の存在たちに別れを告げさせる。霍星雲が組織した霍家の兵士たちを屋敷に招き寄せたのだ。

霍家の中核兵たちは一〇〇〇を超えるが、それぞれを少人数の組に分け、軟禁場所に呼び寄せた。無論、それでも目立つことこの上なかったが、霍星雲を見張る責任者である李墨は「見て見ぬ振り」をしてくれた。とても有り難かった。

霍家のものたちもその信頼に応え、暗殺を謀るようなものもいなかった。殉死派たちも心を入れ替え、霍星雲と最後の別れをしてくれた。

兵士たちは霍星雲の手を握りしめると、

「霍大人、霍大人――」

と人目も憚《はばか》らず泣いた。身も世もなく号泣した。

霍星雲の寝所は涙で埋め尽くされたが、本人は悲しみを見せることはなかった。病室を訪れた兵士〝全員〟の名を呼ぶと、今生の別れを告げ、それぞれに力強く生きるように諭した。

「鄭袁、おぬしには年老いた母がいたな。一度、故郷に帰って親孝行をせよ。親孝行をしたいときに親はいなくなっているものだ」

「はい、分かりました。故郷に帰り、母を大切にいたします」

うむ、と大きくうなずく霍星雲。

「候正、おまえには好いているおなごがいるな。尻に敷かれているようだが、敷かれ甲斐のある大きな尻をした娘だそうだな。そろそろ身を固めよ」

「はい。子沢山の家庭をつくります」

うむ、と大きくうなずく霍星雲。

「太史条、おまえは武芸ばかりに励んで学問が足りない。呉下《ごか》の阿蒙《あもう》という言葉がある。勉強に励め。冥土で再会したときにわしを驚かせてみせよ」

「はは！　科挙に合格できるほどの知識を蓄えてみせます」

うむ、と大きくうなずく霍星雲。

目を細めながら霍家の兵士たちを見守る。

まるで実の子を見守る親のような瞳であった。四人の子を戦死させ、ひとりの子を勘当した霍星雲であったが、少しも寂しそうに見えないのは、彼には〝一〇〇〇人〟以上の子がいるからだった。彼の立ち上げた霍家の兵士たち全員が彼の子供なのだ。

そのことを改めて悟った香蘭は、一日でも長く彼らと居られるように霍星雲の体調を万全に保った。しかし、ひとつだけ気になることがある。

「黒貴妃が予言した日は今日だ——彼女の予言は当たるのだろうか」

香蘭は胸中に湧いた疑念を口にすると、ちらりと霍星雲を見る。

もはや霍家の中に霍星雲を暗殺しようとするものはいないと断言できる。

白蓮の手術は成功し、病によって死ぬこともないだろう。

勅命による死刑——はあるだろうが、まだその勅命は下されていない。

霍星雲の死の運命はすべて回避したはずであるが——そのように確信しながら霍星雲の治療に当たるが、皮肉な運命は急激に動き出した。

霍星雲の病室の隣には岳配が眠っていた。肝臓を提供した彼は大事を取り、安静を言い渡されたのだ。気骨の人である岳配は最初、断ろうと思ったが香蘭の勧めを受け入れた。とある考えが浮かんだのだ。岳配がそれを実行したのは完全に回復した日であった。〝黒貴妃〟が霍星雲の死を予言した日でもあった。

†

岳配は、その日の深夜、日付が変わる直前にくわりと目を開けると、家臣に用意させた短刀を取り出す。その短刀を握りしめると友が眠る場所へ向かった。まっすぐ、迷うことなく友の寝所を訪れると、寝息を立てる友の顔を見つめる。幼き頃から見慣れた顔であるが、昔と違うのは皺にまみれているところであった。

お互い、歳を取ったものだ、と笑みを漏らしながら短刀を天に掲げると、そのまま友の心臓を一突きにした。霍星雲の寝所に広がる染み、それは真っ青だった。

「……!!」

すぐに異変に気がつくのはさすがと言うべきだろう。東宮の知恵袋の異名は伊達ではない。判断力も凄まじいが、推理力も特筆に値した。

岳配老人は目を瞑るとその〝仕掛け〟を用意した医者に語りかける。

「さすがは白蓮殿、わしの考えなどお見通しか……」

「ああ、あなたならば自分で片を付けると思っていた。だから短刀に細工をした」

白蓮は岳配から短刀を受け取ると、自分の手のひらで弄ぶ。短刀には刃がなく、押し込むと引っ込む仕掛けだった。青い液体も出るようになっている。

「すべては神医の手のひらの上というわけか」

「そうでもない。予備の短刀を持っているとは思わなかった」

見れば岳配の懐には二本目の短刀があった。これは白蓮も気がつかなかったものだ。つまり仕掛けは一切されておらず、殺傷力があった。岳配の武芸の腕ならば白蓮が止めるよりも早く、霍星雲の心臓に突き刺せるだろう。

もはや霍星雲の命は岳配の手のひらの上にあった。

「やはり天命をまっとうさせる気はなかったのだな」

「ああ、香蘭に協力したのはあの娘ならば魂を救えると思ったからだ」

「大成功だった。もはや霍星雲殿に思い残すことはあるまい」

「本当に有り難いことだ。あの娘には返しきれぬ恩義が出来てしまった」

「ならば香蘭とその師の顔を立てて、天命もまっとうさせてやろうとは思わないのかね」

「思った。だが、出来なかった。先ほど家臣から連絡があった。明日、霍星雲は朝敵として死を賜る。過去に亘って官職を剝奪され、謀反人として死刑にされることが決まった」

「劉苑《りゅうえん》の政治工作も無駄に終わったか」

「東宮様の奔走には感謝している。しかし、これ以上、わしと友のためにお立場を危うくさせることは出来ない」

「本当に面倒な性格だな。〝あなたも〟〝星雲殿も〟」

「わしはやつの名誉を守ってやりたい。国家の忠臣として死なせてやりたい」

「分かっている。もはや止めないさ。好きにしろ」

そう言うと、開け放たれる扉、やってきたのは陽香蘭だった。彼女は毅然と言い放つ。

「やめてください！　岳配様！　あなたは星雲様の友！　友殺しの汚名を背負う気ですか！」

「そうだ。その覚悟はある」

「駄目です！　そのようなことをすればきっと後悔する！」

「しないさ」

と、断言したのは白蓮だった。なぜ、そのような安易な言葉を、と香蘭は憤慨する。

香蘭は岳配との距離に気を遣いながら白蓮ににじり寄ると、師にささやく。

「……わたしはどのようなことがあっても岳配様に友殺しはさせません。たとえ恨まれても全力で止める」

「運動音痴のおまえが歴戦の武人をどう止める」

「――気合いで」

「ならば無駄な気合いだ。おまえは岳配殿のことをよく分かっていないよ」

「どういう意味です？」

白蓮は言葉で語らず、岳配が短刀を振り上げるのをなにもせず見守った。岳配は天高く短刀を振り上げると、それをそのまま振り下ろす――ことはなかった。振り上げられた短刀は床に落ちる。岳配が頂点で手を離したのだ。

「こ、これは……」

香蘭は、そのように漏らすと、岳配に理由を尋ねた。岳配は苦渋と嗚咽《おえつ》に満ちた言葉を返す。

「魂を分かち合った友を殺すなど、人生で一度だけだ。わしには出来ぬ、二度も友を刺すなど……」

そう漏らすと岳配は身体を震わせた。

あの岳配が泣いたのだ。

東宮のもと毅然と政務を取り仕切る老人の頬が濡れる。

将軍として勇名を馳《は》せ、どのような苦難にも打ち勝ってきた武人が慟哭する。

その場に崩れ落ち、おいおいと涙を流す。

その姿に威厳もなにもない。

そこにいたのは若かりし頃、共に豚を盗んだ貧しき少年だった。

共に笑い、泣き、苦楽を分かち合った青年だった。

官位もなにもない一個の人間だった。

香蘭の頬にも自然と涙が流れる。

白蓮だけが涙を流さなかったが、それは彼が薄情だからではない。自分の代わりに弟子が泣いてくれたからだった。それに白蓮にはやることがあった。黒貴妃の予言を覆す仕事があるのだ。

突然、うめき声を上げる霍星雲。容態が急変したのだ。それを予期していた白蓮は見事な手際で処置をする。香蘭は涙を振り払いながらそれを手伝うが、白蓮の手腕の見事さに改めて感じ入った。


「やはり、人は運命を変えられる。死は回避できるのだ」

あるいはそれはこの事件唯一の希望であったのかもしれないが、霍星雲はその一週間後に亡くなる。朝廷より死を賜り、死刑に処せられたのだ。

霍星雲は、最後の最後の瞬間まで泣き言ひとつ言わなかったという。

ただ、死の直前、友が仕事に励んでいるだろう東宮御所に向かって深々と頭を下げた。

自分のために駆けずり回ってくれた人たちと、終生の友に対し、感謝の気持ちを捧げたかったのだろう、後日、香蘭は東宮からそのような言葉を頂いた。

＜初出＞

本書は書き下ろしです。

メディアワークス文庫

宮廷医《きゅうていい》の娘《むすめ》4

冬馬《とうま》 倫《りん》

2021年10月25日　初版発行

発行者　青柳昌行
発行　株式会社KADOKAWA
〒102-8177　東京都千代田区富士見2-13-3
0570-002-301（ナビダイヤル）
装丁者　渡辺宏一（有限会社ニイナナニイゴオ）
印刷　株式会社暁印刷
製本　株式会社暁印刷

●お問い合わせ
https://www.kadokawa.co.jp/（「お問い合わせ」へお進みください）
※内容によっては、お答えできない場合があります。
※サポートは日本国内のみとさせていただきます。
※Japanese text only

※定価はカバーに表示してあります。

ISBN978-4-04-914066-8 C0193

メディアワークス文庫　https://mwbunko.com/

本書に対するご意見、ご感想をお寄せください。

あて先
〒102-8177　東京都千代田区富士見2-13-3
メディアワークス文庫編集部
「冬馬 倫先生」係

とりかえばやの後宮守

土屋浩

運命の二人は、後宮で再び出会う——！

平安とりかえばや後宮譚、開幕！


流刑の御子は生き抜くために。少女は愛を守るために。性別を偽り、陰謀渦巻く後宮へ——！


俘囚の村で育った春菜は、母をなくして孤独に。寂しさを癒したのは、帝暗殺の罪で流刑にされた御子、雨水との交流だった。世話をやく春菜に物語を聞かせてくれる雨水。だが突然、行方を晦ます。

同じ頃、顔も知らぬ父から報せが届く。それは瓜二つな弟に成り代わり、宮中に出仕せよとの奇想天外な頼みで……。

雨水が気がかりな春菜は、性別を偽り宮中へ。目立たぬよう振る舞うも、なぜか後宮一の才媛・冬大夫に気に入られて——彼女こそが、女官に成りすました雨水だった。